봄날은 간다

봄날은 간다

발행일	2021년 12월 30일

지은이	허문준		
펴낸이	손형국		
펴낸곳	(주)북랩		
편집인	선일영	편집	정두철, 배진용, 김현아, 박준, 장하영
디자인	이현수, 한수희, 허지혜, 안유경	제작	박기성, 황동현, 구성우, 권태련
마케팅	김회란, 박진관		
출판등록	2004. 12. 1(제2012-000051호)		
주소	서울특별시 금천구 가산디지털 1로 168, 우림라이온스밸리 B동 B113~114호, C동 B101호		
홈페이지	www.book.co.kr		
전화번호	(02)2026-5777	팩스	(02)2026-5747

ISBN	979-11-6836-076-1 03810 (종이책)	979-11-6836-077-8 05810 (전자책)

(주)북랩 성공출판의 파트너

북랩 홈페이지와 패밀리 사이트에서 다양한 출판 솔루션을 만나 보세요!

홈페이지 book.co.kr • **블로그** blog.naver.com/essaybook • **출판문의** book@book.co.kr

작가 연락처 문의 ▶ ask.book.co.kr

작가 연락처는 개인정보이므로 북랩에서 알려드릴 수 없습니다.

허 문 준 산 문 집

봄날은 간다

북랩 book Lab

작가의 말

선배님의 부인이 차린 서양화 개인전을 찾아 화랑에 들른 적이 있었다.

대작은 없었으나 10호를 오르내리는, 액자에 담아두기 알맞은 유화 작품이었다.

편안한 마음으로 한 작품 한 작품 들여다보다가 나의 발걸음을 멈추게 한 작품이 있었는데 붉은 꽃이 핀 고목이었다. 나는 문득 이 그림이 형수님의 자화상이란 자의적 상상을 하였다. 그리고 짧게 메모를 했다.

고목에서 핀 꽃은 더욱 아름답다
꽃을 피운 고목의 안쓰러움이 있기에

오랫동안 선배님의 병수발로 접어두었던 캔버스를 일껏 펼쳤을 때 그녀의 마음 울림이 다가왔다. 오랜만의 자유. 붓을 쥔 노화백의 손은 잠시 떨렸을지도 모른다. 캔버스에 옮겨간 붓 끝에 그려진 고목의 가지에서 청초롭게 피어난 붉은색 꽃. 그것은 꺼지지 않는 그녀의 정열이었을 것이다. 화산의 분출 같은 속으로만 새겨오던 심중의 뜨거움이었을 것이다.

김형석 교수님은 누구에게나 이순이 지나고서 10여 년간을 인생의 골든 에이지라고 했다. 그 지점이 현업에서 손을 떼고 아직 건강을 유지하는 자유 시간이기 때문이다. 누구나 이 시간대에 죽기 전에 하고 싶은 일을 해야 한다고 생각할 것 같다.

나의 잡문들도 그것에 비견해서 될지 모르겠다. 내 속에 느껴진 감흥, 하고 싶은 말을 그냥 떠내려 보내기 싫어서 여기저기 써두었던 것을 모았다. 퇴고를 하다 보니 내 속에는 소년도 있고 청춘도 있었다. 브라우니도 나를 도와주었다.

이럴 때는 문득 그 형수님의 고목화가 떠오른다.

목차

작가의 말 •04

한뉘

아제아제 바라아제

찔레꽃머리

봄날은 간다

3월은

꽁꽁 얼었던 개울물도
한 방울씩 녹아 흐릅니다
겨우내 삭풍의 회초리에 몸을 맡긴
나무의 체액이 동결을 풀고 흐릅니다
얼음 같은 땅에 짓밟히듯 몸을 눕혀
숨소리 죽이던 들풀의 잎에도 생명의 물이 흐릅니다
3월은,
얾과 녹음 사이에서
멈춤과 움직임 사이에서
죽음과 삶 사이에서
숨 가쁜 몸부림이 있는 시간입니다
그래서 3월은
만물의 부활절입니다
얼음과 물이 이형동체인 것이
친절과 화해의 내줌으로
경계를 넘고 벽을 허뭅니다
쉼에 숨을 불어 넣어
흰 눈은 어느새 봄비 되어 내립니다
그 사이에 3월이 있습니다
그래서 3월은 삼월이같이 친근합니다

첫사랑

종심從心의 나이에 첫사랑이란 말이 남세스럽기도 하지만 하염없는 먼산바라기를 만들기도 한다. 나에게도 그런 대상이 있었을까? 청마를 사랑한 영도의 책을 던져주고 달아나던 여고생이었을까? 보트를 타면서 말을 걸고 그날 저녁 빵집에서 얘길 나누던 연상의 여고생이었을까? 덕수궁 돌담길을 걸으며 열없이 어깨에 팔을 얹고 걷던 여대생이었을까? 도리질을 치며 그들을 지우는 순간 그 자리를 채우는 한 여자가 있다. K다.

K는 초등학교 동창생이다. 잠시 그때의 정황을 설명하자면 내가 다니던 학교는 당시의 내로라하는 사회 지도층의 자녀들이 다니던 귀족학교로 한 학년이 세 반뿐이었고 6년 동안 세 번, 반편성을 다시 했기 때문에 전교생 서로가 얼굴을 잘 알고 있었다.

그 학교에서 K는 퀸이었다. 그녀를 퀸으로 만들었던 것은 그녀의 가문도 아니요 우수한 성적도 아니요 단지 타고난 미모 때문이었다. 그녀의 미모를 내 짧은 글솜씨로 묘사하기보다는 인유引喩하는 것이 나을 것 같다. 그녀는 마릴린 먼로를 닮았다. 눈가의 생글생글 웃는 모습이 먼로의 눈빛을 닮았다. 그리고 그녀의 단발을 한 새카맣던 생머리는 영화 〈클레오파트라〉에 나오는 엘리자베스 테일러를 닮았다.

꿀물에는 파리가 많이 끓던가? 그녀의 주위에는 짓궂은 개구쟁이들이 모여들었다. 고무줄놀이를 하는 그녀의 고무줄을 끊고 도망가기도 하고 뒷머리를 잡아당기거나 뒤에서 치맛자락을 추켜올리기도 했다. 그녀는 짜증을 내기도, 분을 참지 못해 주저앉아 울기도 하는 것을 용렬한 백기사는 멀리서 쳐다보기만 했다. 그녀는 예뻤고 나는 비겁했다.

초등학교를 졸업하고 나는 남자 중학교에, K는 여자 중학교에 갔다. 풍문에 그녀가 전교 부회장이 되었다는 소식을 들었다. 미모뿐만 아니라 리더십에도 감탄했다.

대학생이 된 후 초등학교 동창회가 열렸다. 졸업 후 6년 만이었다. 모임 시작 후 느지막이 와서 회장에 들어가지 않고 입구에 서 있던 K가 눈에 띄었다. 초대받지 못한 손님같이 어물쩍 서 있었는데, 물 찬 제비 같은 다른 여자 친구들과는 어울리지 않게 올이 굵은 스웨터로 늘어난 체중을 감춘 복성스러운 아줌마 같은 모습이었다. 그녀의 정체성을 지켜주던 것은 그 상황에도 잃지 않던 눈웃음이었다. 동창회가 시작되고 노래자랑을 하느라 시끌벅적한 분위기 중에 나의 시선이 그녀를 다시 찾았지만 그녀가 서 있던 자리는 어느새 비어 있었다.

그로부터 얼마 지나지 않아 종로 2가 종로서적센터 앞에서 K를 우연히 만났는데 그 근처에서 어머니가 아이스크림 대리점을 하고 있다고 했다. 그 뒤로 서로 연락을 해서 몇 번 만났다. 초등학교 때는 언감생심 근처에도 가지 못했던 그녀를 독점해서 만나게 된 것이다. 그녀는 L그룹 회장 비서실의 명함을 주면서 고등학교 때 아버지를 여의고 가세가 기울어 대학 진학을 포기하고 사회생활을 하게 되었다고 하였다.

K는 사회인이었고 나는 학생이었기 때문에 대화 중에 어긋나는 경우가 많았다. 그녀의 회사 생활은 나에게 관심 밖이었고 내 학교 생활은 그녀의 이해 밖이었다. 내가 헤세의 소설이 어떻고 카뮈의 실존이 어떻고 하며 얘기를 할 때 그녀는 《대망》이란 일본소설에 나오는 히데요시의 고난스러운 젊은 시절 얘기를 했다. 동창들끼리는 누구나 너나들이하는 사이였는데 한번은 남자들은 여자가 존댓말을 써주기를 바라지 않느냐며 존댓말을 써줄까라고 하는 바람에 깜짝 놀라 손사래를 친 적도 있었다. 내 하숙집에 가보고 싶다고 하며 김치를 가져다줄까라면서 누나 같은 말을 한 적도 있었다. 또 한번은 맥줏집에서 자기를 귀찮게 따라다니는 남자가 지금 여기 와 있다면서 그 남자를 따돌리기 위해서 나에게 애인처럼 행동해 달라고 해서 그녀 옆으로 자리를 옮긴 적도 있었는데 그녀가 가리키던 남자는 테이블 몇 개 건너 혼자 우리를 지켜보고 있었다. 나보다는 열 살은 많게 보이는 아저씨였다. 그런 이질감 때문에 다툰 적은 없었지만 어쨌든 둘 사이에는 다가서지 못하는 어름이 있었다.

그 당시 그녀는 초등학교 때의 미모를 잃고 있었지만 그녀의 눈매와 눈웃음은 여전히 'K표'를 지키고 있었다. 그때 그녀의 가까이에 있으면서 그녀를 보는 나의 눈은 초등학교 시절과 변함이 없었다.

내가 다른 여자를 만나는 것이 부담되지 않을 정도로 그녀는 내 친구였다. 그리고 만나지 않게 된 이유도 헤어진 장소도 기억에 없이 멀어졌다.

지천명의 고개를 넘을 즈음, 초등학교 시절 같은 반이었던 B에게서 초청장이 왔다. 내용은 S대 음대를 졸업하는 딸아이의 졸업연주회였다. 그리고 그녀를 여의도의 한 식당에서 만났는데, 그 자리에 K가 함께 등장했다. B는 대학 졸업 후 부산으로 내려가 살고 있었는데 서울에 올 경우는 친한 친구인 K의 차를 이용한다고 했다. 점심을 먹으면서 주로 B가 얘기를 했고 나와 K는 듣는 편이었는데, 딸애의 출중한 연주 실력과 의사 남편의 공주 대접을 받는 자신의 행복에 대한 내용이었다. 나는 대화를 한쪽 귀로 흘리고 K의 얼굴을 보았다. K가 대학 시절 동창회장 입구에서 머뭇거리다가 돌아갔던 일이 떠올랐고, 사회생활의 풍파를 겪을 때가 생각났고, 지금 친구의 성공한 인생사를 들으면서 친구를 위해 기사 역할을 자청한 그녀를 생각하며 마음이 불편해졌다. 그러나 그럼에도 불구하고 여전한 그녀의 웃는 모습에서 인생을 달관한 여자의 평온함을 느꼈다.

그리고 세월이 흘러 한가해진 어느 날 전화번호를 뒤지다가 K의 이름에 시선이 멈추었고 그녀의 삶이 궁금해서 전화를 걸었다. 그녀는 서울 근교 신도시에 살고 있었고 남편이 사업을 하는데 건강이 좋지 않아 같이 일하고 있다면서 만날 여유가 없어 보였다.

나는 그녀의 얼굴을 떠올린다. 마릴린 먼로. 엘리자베스 테일러. 그녀들은 사라졌다. 그러나 그녀들의 영상이 기억에 있는 한 K의 새카만 단발머리와 생글생글 웃는 눈동자는 잊혀지지 않는다.

나에겐 첫사랑이란 가슴 두근거리며 처음 사랑했던 사람이 아니다. 백기사로 나서지 못한 용렬함 때문에 그녀가 아파했던 몇 번의 기회를 놓치고 그 아쉬움이 아릿한 미련으로 남아있는 한 K는 나의 첫사랑일 수밖에 없다. 러브레터나 사진 한 장이 없어도, 손 한 번 못 잡았어도, 사랑이란 말을 한 번도 쓰지 않았어도, 내 마음속에 미안함이 지워지지 않는 한 그녀가 첫사랑임에 틀림없다.

감성 시대

새가 운다.

새가 노래한다.

극단의 감성 차이다. 왜 같은 새 소리에 어떤 사람은 슬픔으로, 어떤 사람은 기쁨으로 표현할까? 새의 지저귐은 사실 새들이 웃는 것도 우는 것도 아니다. 새들은 단지 아침을 알리고 그들끼리 소통을 할 뿐이다. 울고 웃는 것은 사람들이 한다. 슬픈 사람에게는 슬프게 들리고 기쁜 사람에게는 기쁘게 들린다.

사람의 감성이란 이렇게 부정확하고 편차가 심하다. 그렇게 심하게 흔들리는 감성 때문에 삶이 불행해지기도 행복해지기도 한다. 행복해서 기뻐지고 기뻐서 행복하다. 불행해서 눈물이 나고 눈물이 쏟아지면 더 슬프다. 행복과 불행은 제자리인데 웃음과 눈물은 왔다 갔다 한다.

꽃도 마찬가지다. 꽃이 아름답다는 것은 사람들의 느낌이다. 꽃 그 자체는 식물의 생식기다. 꽃잎 안에 수술과 암술이 있어 수술머리에 있는 꽃가루가 암술머리에 옮겨져서 수분受粉이 일어난다. 같은 송이에서는 수분이 일어나지 않지만, 그 생식기가 수분을 도와주는 곤충들 — 나비, 나방, 벌 — 의 유인 방법으로써 쓰이는 시각적, 후각적 방법이 예쁘게, 향기롭게 진화한 것이다. 바람이 수분을 시키는 겉씨식물은 사람들도 모르게 꽃을 피운다. 예쁜 모양과 달콤한 향기가 없어도 바람은 꽃가루를 옮겨준다. 꽃은 저들끼리 자손 번식에 열중하는데 사람들은 나비가 꽃을 희롱한다고 하고 꽃이 사람들을 위해 예쁘게 핀 것처럼 시를 쓰고 그림을 그린다.

여행을 가서 바뀐 환경에 산, 강, 바다를 대하면 일상 중에 잠자고 있던 감성의 문이 열린다. 어떤 사람들은 살그머니, 어떤 사람들은 우당탕 열린다. 눈도 크게 뜨고, 코로 심호흡도 하고, 온몸의 근육도 기지개를 하고, 시를 읊기도 쓰기도 하고, 노트에 스케치를 하거나 사진을 찍기도 한다. 즐겁다. 즐거운 것은 감성의 움직임에서 온다.

감성의 움직임은 왜 일어날까? 그것은 환경의 변화에서 온다. 일상과 집과 직장, 그리고 그 사이에 있던 환경의 단순함에 쌓인 권태가 여행을 와서 변한 환경에, 새로운 감각 대상에 환호하는 것이다. 감흥의 정도는 이때까지의 경험이 적은 것일수록 크다.

그러나 새로운 환경도 계속 보게 되면, 많을수록 줄어드는 욕망같이, 싫증이 난다. 그 싫증이 쌓이면 집이 그리워진다.

이성 간의 사랑은 오감에 의존한다. 사랑을 하게 되면 상대방에 대한 오감이 달라진다. 남들 눈에는 별로 예쁘지도 않은데도 예쁘게 보이고 그냥 그런 목소리도 달콤하게 들리고, 미각과 후각과 촉각이 민감하게 작용하여 새로운 세상으로 빠져든다.

제롬 스톨리츠는 저급 감각들과 고급 감각들을 구분했다. 시각과

청각이 고급이라면 후각 미각 촉각이 저급이다. 그에 따르면 미술과 음악은 고급 취향으로, 샤프란과 식도락과 카사노바는 저급 취향으로 구분된다. 음악 미술에 관심이 있으면 신에 가깝고, 식탐에 빠져 연애만 좋아하면 짐승에 가깝다는 뜻이다.

알게 모르게 사람들은 감성에 대한 의존성이 강하다. 그럴 수밖에 없는 것이 세상을 접하는 문이 오감이기 때문이다. 그런데 하나 알아두어야 할 것은 그 오감이 믿을 수 없다는 것이다. 옛말에, "보아도 보지 못하고, 들어도 듣지 못하고, 먹어도 그 맛을 알지 못한다."란 말도 있듯이, 눈이 근시, 원시, 난시, 사시가 아니더라도, 백내장, 녹내장이 아니더라도, 실체를 실체로 보지 못한다. 귀, 코, 혀, 피부도 마찬가지다. 실체는 따로 있다. 플라톤은 그것을 이데아라 했고 칸트는 그것을 '물자체物自體'라 했다. 붓다는 귀로 보고 눈으로 듣는다고 했다. 사실은 마음으로 보고 듣는 것이다.

마음으로 보든, 눈으로 보든, 우리는 세상과의 소통을 오감에 의한다. 세상이 없으면 나도 의미가 없는 것이니까 나의 존재도 없다. 내가 삶에 충실하려면 세상과의 교류를 열심히 하는 것이 좋다. 그러기 위해서는 오감을 민감하게 유지하면서, 열심히 보고, 듣고, 냄새 맡고, 맛보며, 손을 대서 만지면서, 통제할 수 있는 범위에서 감동하고, 신비를 찾고, 질서를 확인하고, 같이 노래 부르고, 자연과 삶을 친애하고, 우주의 본 모습을 헤아려야 한다.

예술의 경계

현대 미술을 감상하려면 수준 높은 미적 감각뿐만 아니라 작품의 의미를 분석할 줄 아는 지적 경험을 겸비하여야 한다. 초심자나 보통 사람들이 이해하고 공감하기에는 거리가 멀다. 그들을 두 가지 부류로 나누어 아예 외면하는 무관심파와 미의 실체를 찾으려고 하다 찾지 못하고 계속 궁금해 하는 호기심파가 있다고 하면 나는 후자에 속하는 듯하다.

서양미술사를 보면 인상파 화가들의 작품이 끝날 무렵 세잔이 큐비즘의 단초를 잡을 때부터 난해해지면서 난폭해진 현대 미술은 야수주의, 다다, 추상표현주의, 쉬르레알리즘, 팝아트 등으로 100년간 광풍 속에 돌연변이를 양산했다.

피카소는 벼룩시장에서 구한 아프리카의 가면을 보고 영감을 얻어 〈아비뇽의 처녀들〉로 큐비즘의 문을 열었으며, 네자르는 벼룩시장에서 산 넝마를 바늘로 꿰어서 만든 인형을 승화된 창작품으로 내놓았다.

모리 마사히로는 로봇 디자인을 통해서 살아 있는 사람을 초월한 불상의 얼굴을 재현함으로써 '언캐니 밸리 이론'을 증명하였다. 정신분석학의 항문기 이론에 근거한 분변학에 따라 배설물의 예술화에 기여하는 작가들도 줄을 이었는데 워홀은 친구들에게 캔버스 위에 방뇨하게 하여 작품을 만들고, 뒤샹은 소변기에 사인하여 전시회에 내놓았다. 한 발 더 나아가 만초니는 자신의 똥이 든 90개의 캔을 만들어 같은 무게의 금 값으로 작품을 내놓았는데, 그중 하나가 소더비 경매에서 12만 4천 유로(약 1억 5천 만원)에 팔렸다.

그 뒤로 수많은 전위적 작품들이 화가나 예술가들에 의해 쏟아져 나왔는데 작품 하나하나가 제어할 수 없는 상상력과 창의성에 의해 문 열린 새장의 새처럼 사방팔방으로 솟아올랐다.

그중 우리가 자랑스럽게 짚고 넘어가야 할 예술가 중에 백남준 선생이 있다. 그는 1960년대에 플럭서스 운동(기존 예술에 대한 불신으로 다양한 예술 융합을 통하여 극복하려 했던 독일에서 일어난 전위 예술운동)의 중심에 있었으며 그때 망치로 피아노를 부수는 퍼포먼스를 했다. 그 후 디지털 영상 문화의 선구자가 되었는데 그의 위대함은 '이미지를 수신하는 장치'의 TV 수상기를 '이미지를 제작하는 장치'인 제상기로 바꾸어 놓은 데 있다. 그는 아날로그 장치의 기술적 한계를 뛰어넘어 디지털의 신세계로 날아올랐다.

현대 미술에는 형상보다는 함의된 내러티브가 작품 구실을 한다. 생활의 한 부분, 일상의 한 조각에서 예술의 영감을 얻고 사변적 주석으로 신화를 만들면 새로운 창작이 탄생하지 않을까. 어떤 일상이라도 일탈된 눈으로 보면 그것이 예술이 되지 않을까. 변기를 예술품으로 제시하는 화가의 눈과 같은 눈높이로 일상의 변기를 같이 볼 수 있다면, 우리 집에도 그런 예술품이 있고 그 예술가의 작품을 직접 보는 감상과 같은 감상을 할 수 있는 것이 아닐까.

나는 예술이라는 것도, 아름다움이란 것도 그것을 잴 수 있는 계측기는 항상 변해 왔고 그래서 상대적이며 궁극적으로는 없다고 생각한다.

내가 좋아하는 꽃이 만인이 좋아한다고 말할 수 없고 다른 사람들이 모두 아름답다고 한다고 나도 그렇다고 할 수도 없다. 시든 꽃에도 아름다움은 건져낼 수 있는 시인도 있고, 시든 꽃은 뽑아버리는 꽃장수도 있다. 화랑이나 미술관에서만 예술품이 있는 것은 아니다. 어쩌면 루블 박물관의 〈모나리자〉는 매혹의 미소 뒤에 숨이 멎어 있는 박제인지도 모른다. 한 시대의 그림자인지도 모른다. 인간들의 눈에 미의 포교자가 아니라 투자가치를 따지는 재화로 전락해 있는지도 모른다. 예술품의 참다운 가치는 그것의 경매가가 아니라 그것에서 아름다움을 추출해서 감성에 용해시켜 전율케 만들어주는 것이어야 한다. 또한 예술가의 참다운 존재감은 그만의 창의성으로 이때까지 이 세상에 존재하지 않았던 미를 창조하여 보는 사람으로 하여금 극상의 감응을 불러 일으켜야 한다.

싸구려 골동품, 헝겊데기, 변기, 고장 난 TV, 깡통 등 예술품이 되기 위해 준비하고 있는 재료는 널려 있다. 온 세상이 미술관이다. 만물이 오브제이고 예술품이다. 시든 꽃을 아름답게 볼 수 있다면, 햇빛 속에서 무지개를 찾을 수 있다면, 바람 속에서 산소의 춤을 본다면, 단지 아름다움의 처음과 끝, 그리고 그 사이의 흐름에서 기쁘고,

아프고, 즐겁고, 슬픈 감정의 회오리를 느낀다면, 이 세상은 화려한 미술관이고 모두가 아름다운 예술품이다.

未完成의 美完性

어느 날 선배가 카톡으로 두상과 팔이 없는 반가사유상의 사진을 보내왔다. 나는 다음과 같이 회신했다.

"인위人爲에 부서지고 풍우에 깎여서 토르소가 됐네요. 상상력은 보이지 않는 양괴量塊를 깎아 얼굴과 팔을 붙입니다. 웃는 사람 앞에 웃는 모습으로, 고뇌하는 사람 앞에 고뇌하는 모습으로. 세월이 흐른 후 다시 돌이 되고 다시 다듬어져 반가사유상으로 태어나겠지요."

고대 그리스의 조각상에는 많은 토르소가 있다. 두상과 사지가 없는 몸통만의 조각이다. 나는 처음에는 인체의 아름다운 부분을 몸체에 두고 그 미를 자세히 표현한 것이라고 생각했다. 없어진 부분에 대한 상상력이 고개를 들 때야 비로소 조각가의 배려를 생각할 수 있었다.

저 조각의 얼굴은 어떤 모습이었을까? 팔은 어떤 포즈였을까?

로뎅은 최고의 예술적 경지를 완성도 아니고 미완성도 아닌 그 어떤 창조적 생태를 보여주기 위해 손을 못 댄 듯한 거친 덩어리로 남겨 두길 좋아했다고 한다.

관자觀者는 로뎅에게서 망치와 정을 받아든다.

슈베르트의 〈미완성 교향곡〉을 들으면 그 아름다운 선율에 빠져버린다. 감흥이 깊을수록 2악장으로 끝난 곡의 아쉬움이 오래 남는다.

옷을 입을 때 정장을 하면 무언가 완전한 옷차림의 느낌을 갖는다. 거울을 보며 넥타이를 매고서야 착복의 완결로 생각한다. 그러나 의상쇼를 할 때, 모델들이 노타이 차림에, 단추도 풀고, 소매도 걷어 올리고, 내의도 입지 않고, 반바지 입고, 당당하게 걸으며 멋을 자랑한다. 미의 표현에서 미완성이 완성을 압도한다.

슈베르트는 앞서나간 낭만주의자는 아니었을까?

동양화에는 여백이란 것이 있다. 서양화의 기준으로 보면 완성되지 않은 그림이다. 그러나 동양화는 여백으로 살아난다. 여백으로, 그 틈에서, 허공에서 숨을 쉰다.

동양화는 붓을 댄 곳과 여백의 배열에서 균형미를 찾는다. 여백을 미완성의 부분이라 한다면 완성과 미완성의 적절한 균형이다. 그 균형이 꼭 맞았을 때, 비움의 허전함이 멈추고 채움의 넘침이 절제될 때 그림에서 조화가 태어난다. 낙관 한 점이 조화를 도울 수도 깰 수도 있다.

여백은 공空의 의미를 갖고 있다. 공은 심오한 동양철학이다. 여백은 없는 것이 아니라 공의 있음이다. 작가는 공과 묵수墨水의 균형 속에 정신세계를 표현한다.

동양화는 여백이란 미완성의 수동적 표현으로 완성으로 도달하는 예술 작업이다.

베케트의 〈고도를 기다리며〉나 카프카의 〈성城〉을 읽으면 작가의 메시지를 깨닫기가 힘들다. 대학 초년생일 때 책을 읽고 연극을 보며 씨름했던 기억이 난다. 그런데 두 소설에서 부조리와 절대성을 캐치한다 하더라도 끝이 없음은 미완의 모양새로 끌고 간다는 것이다. 끝이 없는 끝은 진한 여운을 독자에게 남긴다. 독자는 마무리해야 하는 짐과 마무리하는 자유를 동시에 안는다.

프로이트가 정신분석학을 개척함으로써 서구 문화에 끼친 영향은 지대하다. 마침내는 문학에서도 미술에서도 영향력을 미쳤다. "사람의 육체는 구속할 수 있어도 정신을 구속할 수는 없다."는 그의 글은 지금도 잊지 않고 있다.

상상력이란 신이 인간에 준 가장 훌륭한 선물 중의 하나다. 사람이 물리적으로나 육체적으로 한계를 느끼고 부자유를 괴로워 하지만 상상력은 제한이 없다. 상상력이야말로 인간이 자유를 향유할 수 있는 능력이다. 이 상상력이 세상을 변화시키고 역사를 발전시켰다. 상상력은 인간들에게 평등하게 나누어졌다.

예술에서의 상상력은 예술가의 독점물이 아니다. 유능한 예술가는 감상자들과 밀땅을 잘 한다. 팽팽한 긴장감을 유지하다 어느 순간 카타르시스로 와르륵 쏟아진다. 긴장의 해소는 나른한 여운을 기분 좋게 남긴다.

회화와 감상자 사이에, 연극 무대와 관람자 사이에, 오케스트라와 관객 사이에, 스크린과 관람객 사이에 긴장된 밀당이 있다. 주관적 동일시와 객관적 거리 두기 사이에 벌어지는 긴장이다. 작품을 내 속으로 끌어 오기도 하고 내가 빠져들기도 한다.

　미완성未完成은 숨겨져 있는 상상력의 관능을 건드린다. 부서지고 마모된 돌덩어리 앞에서 사람들은 상상의 나래를 단다. 미완성의 소설에서, 끊어진 드라마에서, 쓰다 만 일기에서 사람들은 상상의 나래를 단다.
　상상력은 자유의 권리로, 구름을 넘어 무한으로 날아간다.
　美完性을 향하여!

한국의 美

　그때가 1980년이었던가 내가 전라도 광주에 처음 갔을 때, 가장 인상에 남아 있었던 것은 다방에서 본 동양화들이었다. 그때는 출장 중이라 약속 장소로 두세 군데 다방에 들렀는데 그곳들도 마찬가지였다. 서울이나 부산의 다방과는 다른 풍경이었다. 그 뒤 전주의 한정식집 방 안의 사군자, 산수화의 그림도 눈에 띄었고, 여수 출장 중에는 2차 술집이라고 간 곳이 한식집이었는데 노래를 부르는데 가라오케 대신에 고수가 북을 치며 장단을 맞추는 것이 신기하지 않을 수 없었다. 목포에 가면 남농기념관이 있고 남원에서는 매년 빠지지 않고 춘향제를 열며 동편제, 서편제가 전라도 내에서의 동과 서요, 전주에서는 매년 단오 즈음에 대사습놀이로 우리 소리의 맥을 잇고 있다. 호남지방은 예향이다.

　우리 음악을 들어보면 곳곳에 틈새가 있다. 음성, 악기의 소리와 그 틈새가 합쳐서 가락이 되고 율동이 된다. "이~~~" 하다가 탁 끊어지는 소리, 소름 돋는 서글픔에 떨어지는 눈물방울을 딱 멈추게 하는 해금의 끊어지는 소리는 말 그대로 절묘한 감정표현이고 여백과 틈과 한과 시김새(소리를 하는 방법이나 상태)의 조화로운 융화이다. 음성과 악기 소리는 채움이요, 그 공간은 비움이다. 채움은 질서요, 안정이요, cosmos요, 완전이다. 비움은 자유요, 무질서요, 미완성이요, chaos다. 우리 음악은 채움과 비움의 절묘한 조화 — 카오시모 시스의 묘용妙用에서 그 아름다움의 절정을 표현한다.

그 틈이 없이, 여백 없이, 추임새 할 공간 없이 다닥다닥 붙은 우리 음악을 상상해보라. 완벽한 질서가 가져다주는 질식을 견딜 수 있겠는가. 수리성(판소리 창법에서 쉰 목소리처럼 껄껄하게 내는 목소리)의 맛을 아는가. 수리성이란 한을 품은 소리다. 한은 삶의 바닥에서 닳고, 찢기고, 상처 난 고난과 비통의 흔적이다. 밖으로 해소할 수 없어 속으로 속으로 쌓여서 삭이고 삭여온 그늘이다. 그 그늘이 우리 음악에도 스며 있다. 판소리는 수리성이 바탕이 되어야 명창이 되는데 그 소리는 서양의 벨칸토 창법(미성을 내는 데 치중한 18세기 이탈리아의 발성법)과는 하늘과 땅만큼 다르다. 수년간을, 평생을 폭포 소리에 묻혀서, 토굴에 갇혀서 독공獨功의 시련에 피를 토하며 단련된 목소리에는, 곱고 맑은 목소리를 넘어 거칠고, 갈라지고, 쉰, 한으로 삭인 시김새가 있다.

우리의 서화를 보자. 사군자를 보면 여백과 묵필의 조화는 기본이다. 그림마다 다를 뿐 아니라 더 자세히 보면 화가가 구도에 고심한 흔적이 역력하다. 문인화에서 글과 그림의 균형을 보면 서로가 비켜서면서 조화를 만들고 있다. 글이 조역일 것 같다가 곧 그 역할이 바뀐다. 정중동이다.

매화도를 보면 우리의 심성과 멋이 그대로 나타난다. 우리 매화 중에 곧 바르게 그린 것이나 매끄럽게 그린 것을 찾기 힘들다. 매화는 추운 겨울을 견디고 눈 속에 첫 꽃을 피우니 그것은 한恨의 현현

顯現이다. 매화 가지는 부러지거나 휘거나 꺾이거나 용트림을 한다. 그것은 우리의 삶이요, 고난이요, 인내요, 한이요, 극복이다. 그 애환과 고통을 견디고 날카롭게 뻗은 잔가지의, 그 가지에 송이송이 달라붙은 매화는 겨울이 추울수록 짙은 향을 뿌린다. 개화는 나무의 신명으로 매향을 흩뿌린다.

추사의 부작란도不作蘭圖를 보면, 처음에는 난 같지 않은 난의 모습, 그 거친 모습에 고개 돌리고 잔영을 지우려다가, 왠지 이끌리는 눈길을 따라 다시 보면 그 너덜거리는 잎새에서, 꺾이는 굴곡에서 부는 바람에도 한 송이 난화를 지키는 고난을 보며 이것이 대가만이 그릴 수 있는 영혼 속의 난잎임을 알게 된다. '이제 습기(習氣: 버릇, 습관)를 다 털어버리고 앞으로 흰 구름처럼 자유롭게 움직이리라'란 글을 남기고 있다. 그는 미의 테두리에서 자유를 찾아 새로운 미를 창조하는 것이다. 창발創發의 의지다. 그 역설의 표현 속에 우리의 한과 여백과 신명이 살아 있다.

살풀이춤을 보았는가. 어둠 속의 한 줄기 빛은 예인의 하얀 박사薄紗 치마저고리를 감싸며 느리면서 끊어지는 춤사위를 따라, 모였다가 흩어지고 흩어졌다가 다시 모이는 그 사이사이에 숨죽이는 빈틈을 길게 끊고 짧게 끊고, 온몸을 낮게 낮게 풀죽이다, 훌쩍 뻗어 허공을 붙잡는 소리 없는 절규가 있고, 춤사위에 맞추어 어둠을 뚫고 흘러나오는 애절한 피리 소리, 애를 끊는 절절한 해금 소리는 심금을 울리다가 삼현육각(三絃六角 : 피리가 둘, 대금, 해금, 장구, 북이 각각 하나씩 편성되는 풍류)의 신명이 잦아들 때 끝이 끝이 아님을 아느니.

한이 없으면 어떻게 소리와 동작을 뚝뚝 끊으며 틈새를 내어 그 틈으로 한을 담고 삭이고 소름 치게 만드는가. 무슨 살이 그렇게 끼었단 말인가. 삶의 원한을 독하게 품어서인가, 그 젊은 아낙이 꽃봉오리 피기 전에 임을 여의었던가. 삶의 질곡에서 힘겨운 고통을 견디지 못함인가. 처절하게도 가슴의 한을 참지 못해, 아무도 없는 달빛 속에 피를 토하듯 춤사위를 토해낸다. 어찌 그 춤을 평생 잊을 수 있으랴. 정신을 차려보면 여기서 소리와 춤사위의 빈틈에 우리의 가락이 있고 한이 차곡차곡 쟁겨 있는 것이 얼음이 물이 되고 다시 물이 증기가 되듯이 신명으로 승화하는 것이다.

우리의 예술은, 문화는 삼각형으로 해석할 수 있다. 세 꼭짓점은 여백과 한과 신명이다. 여백은 포용이요, 여유요, 해학이요, 화해다. 잘못도 증오도, 적의도, 살기도 모두 포용한다. 인정하고 용서한다.

한은 그늘이다. 5천년 역사에 어느 때는 북쪽에서, 어느 때는 남쪽에서, 서쪽에서 이 땅을 짓밟고 이 땅의 사람들을 수탈했다. 패배와 굴욕과 인종의 역사에 비탄과 고통이 쌓여서 한으로 멍울져 내렸다. 그 한은 노래에서 그림에서 춤에서 글에서 피막부터 골수까지 스며들었다.

그러나 우리 조상들은 한을 한으로 남겨두지 않았다. 그 한을 삭이고 삭여서 시김새를 만들고 다시 또 삭여서 신명으로 거듭 내었다. 어둡고 긴 터널을 거쳐서 신명이란 생명력으로 빛내림하는 것이다.

우리의 문화는 그래서 겉보다 속이 깊다. 밝음보다 어두우나 그 어둠은 따뜻하고 윤기 나며 향기롭다. 김치의 깊은 맛은 단맛도 아니요, 쓴맛도, 짠맛도, 매운맛도 아니다. 그 곰삭은, 시큼한 맛은, 五味 너머 있는 그 맛은 우리만 안다.

반 고흐를 생각하며

L 형,

《반 고흐, 영혼의 편지》를 읽고 일어나는 느낌을 공유하고 싶네요. 아시다시피 고흐가 너무나 유명한 화가여서 그의 일대기란 보편적인 대화의 대상이 될 만큼 흔한 얘깃거리죠. 그런데 이 책이 편지 모음이다 보니 극적인 감동이나, 문학적 향기는 없으나 당사자의 독백이므로 사실성 있는 느낌이 새로움을 가져다주는군요.

L 형,

누구에게나 삶의 고통과 그것을 벗어나기 위한 또는 욕망의 실현을 위한 몸부림의 흔적이란 있게 마련이지만, 고흐같이 불행한 삶을 산 사람도 없기에, 그러면서도 불후의 예술품을 인류에게 남긴 극적인 사람이기에 그 속을 들여다보고 싶었지요.

아버지와의 불화, 생활고, 여러 번의 실연과 불운한 여성 관계, 고갱과의 동거, 다툼, 이별, 정신 발작과 입원, 고독, 자해, 자살… 좋은 일이라고는 눈 닦고 보아도 없네요. 그의 미술 작업은 별다른 교육도 없었고 시작도 늦었고 활동 기간도 짧았습니다. 그런데 현 시세 1조 원에 — 예술을 돈의 잣대로 가늠할 수 없지만 — 달한다는 그의 작품은 어떻게 나왔을까요?

L 형,

고흐의 눈은 자연과 인간의 겉모습에 머무르지 않았습니다. 대상의 본질의 모습을 찾아 천착했습니다. 농부의 수십 년 동안의 힘든 노동으로 퇴적되어 굵어진 손가락 마디, 온종일 허리를 못 펴는 농사일 후의 고단함 그리고 얼마 안 되는 휴식과 소박한 식사의 단맛, 이런 사소하면서도 삶의 진득함이 배어 있는 모습을 그 진실 때문에 아름답게 본 것입니다. 고흐는 그 아름다움을 귀부인의 화려한 모습보다 더 아끼고 사랑했고 절실하게 캔버스에 옮겼습니다. 그래서 그 그림은 인체의 비례나 해부학적 구성을 넘어서 있었습니다. 그래서 대상을 변형하고 재구성하는 부정확성에 빠져듭니다. 그 부정확성은 현실의 부정이지만 고흐의 눈에는 정직한 고발이었습니다. 그것은 진실한 거짓말이었습니다. 그래서 그는 텅 빈 캔버스 앞에서도 두려움 없이 붓을 들고 붓에 힘을 실었습니다. 거기서 고흐의 세상이 전개되고 '해바라기'가 피고 지고 '별이 빛나는 밤'이 찬란하게 빛나며 '까마귀 나는 밀밭'이 보란 듯이 황금빛을 빛내고 있습니다.

그는 평생 유화 870점, 드로잉 1,200여 점을 제작했답니다.

L 형,

황혼과 함께 오는 고요함과 평화로움 속에 스스로 침잠해 가면서 포플러 나무가 두 줄로 늘어선 길, 진흙탕 길, 석탄 창고, 불빛이 새어나오는 작은 집, 검은 그림자, 더러운 웅덩이, 물 위로 비치는 누런 하늘, 썩어서 목탄이 될 나무 조각 — 망막에 비치는 모든 것들을 아름다운 것도, 더러운 것도, 슬픈 것도, 외로운 것도 모두 아름다운 세상으로 보는 것입니다. 그 아름다운 세상을 지나치기에는 못내 아쉬워 캔버스에 옮기지 않을 수 없는 것입니다. 그러기 위해서는 자연에 대한 정직한 탐구를 넘어서는 무엇이 있어야 합니다. 그것은 더 엄밀하고 강렬한 표현입니다.

가을 저녁의 느낌, 신비롭고 소중한 분위기를 고흐의 온몸으로 흡착제같이 빨아들입니다. 그 순간의 인상이 오래 지속되기 힘들기 때문에 붓질 몇 번에 그 특징을 빠르게 집어넣어야 될 뿐 아니라 나머지는 자연의 언어로써 그 흔적을 흔들리지 않게 기억 속에 받아 적어야 합니다. 그 순간이야말로 자연의 한구석과 그 자연에 빠진 화가가 일체가 되는 시간입니다. 천상 인상파죠.

L 형,

고흐의 자화상을 보면 불거진 광대뼈와 거칠게 보이는 구레나룻, 고집스런 콧대, 일자로 앙다문 입은 성질깨나 있게 보이지만, 그의 눈은 한마디로 표현할 수 없는 깊고 복잡한 무언가를 담고 있네요. 날카로운 눈빛은 먹이를 채는 맹금 같기도 하고, 자기의 영역을 지키고 웬만한 타협은 수용하지 않는 고립주의자 같기도 하고, 사물을 꿰뚫어 보는 투시력 같은 것을 느끼기도 합니다. 그런 예리함이 광기로 보이기도 하고 그 말에 걸맞게 광기로 작용하기도 한 것 같습니다. 광기란 열정의 과열된 상태라고 생각하면 되겠죠. 인생을 섣불리 넘겨버려서는 안 된다는, 삶의 주위에서 감추어져 있는 대상의 속 모습에 대한 집착이 맺혀 있지요. 배가 고파도 빵 한 조각 먹는 것을 대신하여 눈앞의 삶의 진실을, 자연의 신묘함을, 감추어진 미를 발견해서는 그것을 기어코 캠퍼스에 담는 집착, 그 광기가 그의 두 눈에 서려 있네요. 그것의 기준으로는 그는 미치지 않았고, 다만 역동적이었으며 그 때문에 현실과의 괴리에서 늘 두통이 떠나질 않고, 그것이 쌓여 발작으로 카타르시스를 하는 것이었습니다. 그래서 귀도 자르고 가슴에다 권총을 대고 방아쇠를 당겼던 것입니다. 그의 천재성을 질투해서인가요, 신은 그에게만은 끝까지 포용심을 아꼈습니다. 총 맞은 지 이틀 뒤에야 목숨을 가져갔으니 말입니다.

L 형,

1888년부터 마지막 채 3년도 안 되는 동안 보낸 아를과 생 레미의 병원에서 고흐는 절정의 예술로 비상합니다. "인생의 고통은 살아있는 그 자체"란 그의 말대로 극심한 생활고 속에 그의 붓 끝에서 나오는 그림의 경지가 절정으로 치달을수록 그는 잦아진 발작으로 괴로운 삶을 살아갑니다. 메피스토에게 영혼을 파는 파우스트와는 반대로 육체를 팔아 영혼의 자유를 얻은 고흐는 200여 점의 명화들을 쏟아냅니다. 이미 아름다움의 표현에 통달한 그의 눈빛은 그만의 별을 그리고 그만의 해바라기를 그리고 그만의 밀밭을 그리고 그만의 실편백나무를 그리게 됩니다. 태양같이 커버린 별, 그 별빛의 파도, 살아 움직이는 해바라기의 꽃잎, 치솟는 실편백나무의 잎줄기, 바다가 돼버린 밀밭의 황금물결, 이미 세상의 사물은 광기로 빛나는 고흐의 눈에서는 무생물을 생물로, 식물을 근육 있는 동물로 보게 됩니다. 형태만이 아닙니다. 색조의 절규 또한 보는 사람들의 눈과 귀를 쉬게 하지 않지요. 별이 반짝이는 하늘을 보며 그의 간절한 생각은 강렬한 보라색, 파란색, 초록색으로 죽은 무채색을 몰아냅니다. 밤의 암흑 속에 숨 쉴 수 있는 산소를 불어 넣는 거지요. 그의 불꽃은 태양의 빛에서 크롬옐로우를 뽑아내 노란 집, 침실, 밀밭, 해바라기에 퍼부어 활활 타오르게 합니다. 고흐는 자신이 보는 세상, 그 숨 막히는 세상의 아름다움을 그만의 광기 어린 붓으로, 색과 색의 배합으로, 굵고 가는 선으로, 점으로, 면을 만들어 냅니다. 뭉크의 그림은 뭉크의 것이고 고흐의 것은 고흐의 것입니다. 천재의 광기가 낳은 그림은 그가 숨지기 직전에야 비로소 겨우 한 점의 그림이 400프랑에 팔렸답니다. 그리고 서서히 그의 그림이 주목을 받기 시작합니다. 그가 자살하는 그해에 이르러서야 말입니다.

고흐는 자신이 천재인 것도, 그의 보폭이 너무 커서 사람들이 따르지 못한 것도 모른 채 저세상으로 갔지요.

사족이긴 하지마는 그의 동생 테오를 떼 놓을 수가 없네요. 고흐의 분신이라 할 수 있지요. 부모와의 불화 중인 형의 고독과 번뇌를 그림자같이 받쳐 주었던 테오는 이 모든 편지의 수신자로 유일한 상담자였으며 경제 지원자였습니다. 그가 고흐의 분신임이 분명한 것은 고흐가 37세로 세상을 떠나자 역할이 없어진 테오도 6개월 뒤에 죽어서 형의 무덤 옆으로 따라갔기 때문입니다.

L 형,
이 모든 게 소포클레스의 작품 같지 않나요? 완벽한 구성, 끊임없이 서스펜스로 이어지는 내러티브를 지닌 비극, 연극을 보듯, 안트워

프, 파리, 아를, 생 레미의 배경도 분명하지요. 마치 아를의 노란 집이나 고흐의 침실 같은 그림은 무대 장식 같지 않나요? 그리고 광기 어린 눈빛에 세상의 아름다움을 담고 미친 듯이 캔버스를 휘젓는 붓질을 고흐 대신할 배우가 있나요. 그리고 귀를 자르고 가슴에 대고 총질을 할 수 있는 배우를 고흐를 빼고 누가 할 수 있을까요.

정말로 다행한 것은, 이 비극이 극적으로 빛나는 것은 막이 내리고 난 뒤에 남은 고흐의 불멸의 명작입니다. 그의 명작은 소유하건 않건, 우리 주위에서 나타나지요. 세상 만물의 아름다움, 거기서 피어나는 애정의 향기, 숨이 멈추는 예술가의 광기와 열정을 들여다보면 보는 이를 질식으로 몰아가는 마력에 소름이 끼치기도 합니다. 그림 뒤에서 쏘아보는 자화상의 섬뜩한 눈빛을 느끼면 더욱 말입니다.

L 형,

이 밤도 고흐의 별은 아름답게 빛나겠지요? 세상의 모든 아름다운 것들을 내려다보면서.

봄날은 간다

서풍부

김춘수

너도 아니고, 그도 아니고, 아무것도 아니고, 아무것도
아니라는데…
꽃인 듯 눈물인 듯 어쩌면 이야기인 듯, 누가 그런 얼굴을
하고,
간다, 지나간다. 환한 햇빛 속을 손을 흔들며…

— 문준당은 어찌 그리 자세히도 분명하시오? 방통旁通이외다.
— 나의 눈은 아니고요. 시인은 어째 그런 눈을 가졌나요? 어째
  그런 노래를 가졌나요? 제발 설명이라도 좀 해주소, 형님.
— 관계하는 삶이란 것을 생각과 기억이 시뮬레이션하면서 만들
  어 내는 내러티브라고 시인은 보는 듯하오만….
— 생각과 기억이 들어갈 틈이 없는 것 아닌가요? 저 멀리 언덕배
  기에 걸려 있는 거울 쪼가리에 봄에 취한 시인이 내뱉는 고함
  소리 아닌가요? 그 고함소리, 유행가 가락의 회광반조回光返照
  아닌가요?

— 꽃인 듯 눈물인 듯 이야기인 듯하다는데, 고함소리 갖고 될까요? 나훈아의 노래쯤이면 모를까.

두 사람은 취했다. 술에 취한 것이 아니라, 봄에 취하고 시에 취하고 꽃에 취해서 카톡이란 골목길에서 떠들고 유행가를 부르고 토사를 내쏟았다. 시인은 저 앞에 비틀거리고 가고 있는데 우린들 봄 술 먹고 취하지 않을 재간이 있을까. 그러는 사이 이 봄이란 놈은 미꾸라지같이 소리 없이 왔다가 풀 냄새, 꽃향기, 방귀만 뀌어대고 쏜살같이 달아난다. 미련 없이 달아난다.

봄날은 간다

손준원

연분홍 치마가 봄바람에 휘날리더라
오늘도 옷고름 씹어가며
산제비 넘나드는 성황당 길에
꽃이 피면 같이 웃고 꽃이 지면 같이 울던
알뜰한 그 맹세에 봄날은 간다

웃기도 하고 울기도 했지만, 봄날은 자취 없이 가버린다. 떠나가는 님같이 사금파리로 찢겨진 상처만 남기고 홍길동같이 사라진다. 봄이 올 때도 봄이 감을 알고 있어야 하는데 단지 오기만을 기다리다 올해도 작년같이 떠나감을 잊었다. 왜 나는 언제나 이렇게 내일을 모르고 사는지. 내일이 아파서 생각하지 않는 것은 아닌가. 이 세상 흐드러지게 꽃이 뒤덮였을 때 한 송이 한 송이 피어나는 그 아픔도 어느새 잊고 세상만사가 그냥 그렇게 쉽게 되는 것으로만 알고, 아예 그것도 잊고 당장의 꽃향기에 취해 떨어지는 꽃도 시드는 꽃도 생각지 못하고 춤만 추었나.

봄을 아는 자만이 봄을 향유할 수 있다.

봄의 핌이 아픔이란 것을, 산고의 기나긴 세월을 읽어야 한다. 삭풍이 부는 외로운 밤, 한없이 내리는 눈과 한난계 아래 끝까지 떨어지는 추위 속에 봄꽃이 영근다. 개화는 그런 산고의 세월 끝에 맺는 아픔의 결정이다. 그 아픔을 알지 못하고 봄을 찬양하지 마라.

봄의 떠남도 모르고 봄을 읊을 수는 없다. 봄이 왔다 가는 사이 조그마한 꽃을 통해서 외치는 소리에 귀 기울여야 한다.

"우리는 얼마만큼의 아픔 속에 왔다가 얼마만큼의 슬픔 속에 가버리는가를 알아주세요."

그것도 모르면서 봄을 노래하고 시를 읊고 사진을 찍고 그림을 그려서는 안 된다.

모란이 피기까지는

모란이 피기까지는
나는 아직 나의 봄을 기다리고 있을 테요
모란이 뚝뚝 떨어져 버린 날
나는 비로소 봄을 여읜 설움에 잠길 테요
⋯⋯
모란이 피기까지는
나는 아직 기다리고 있을 테요, 찬란한 슬픔의 봄을

시인은 봄이 찬란하고도 슬프다는 것을 알고 있다. 산을 오를 때에는 산봉우리 위의 하늘만 보이지만 산봉우리에서는 오염된 속세만 보인다. 오를 때는 희망이요 기쁨이지만 내릴 때는 절망이요 슬픔이다. 이때까지는 올라만 왔지만 이제부터는 내려가야 한다. 그리고는 봄꽃이 다시 필 때를 기다려야 한다. 내년에는 봄이 찾아왔을 때 다시는 봄날이 갈 것을 잊지 말아야 한다. 가득 찬 봄이 찬란한 슬픔임을 이미 알고 있어야 한다.

꽃비가 쏟아진다.
꿈이 비산飛散한다.
봄날은 간다.

해당화

해당화는 바다바라기
파도 소리에 새빨간 얼굴

바닷가 솔밭

해풍에 솔향은 춤을 추고
자갈을 밟았더니 솔방울

가을 단상

산책을 나가서 가을을 만났습니다. 지나가는 가을이 소매를 끌었습니다. 제 모습이 어떠냐고 성화입니다.

단풍이 그린 그림이 놀랍습니다. 모네의, 쇠라의, 고흐의 그림이 점점이 반짝이고 원색으로 꿈틀대는 것이 닮았습니다. 그래서 예술을 미메시스라고 하나 봅니다.

아름다움 자체가 자연이지요. 어쩌면 인간도, 여자의 나상도, 화가의 눈까지도 자연이지요.

감나무에 까치밥이 한 그릇 달렸습니다. 이파리도 모두 떨어졌군요. 썰렁한 밥상이 애처롭지만 이것이 가을이 남기는 애상입니다.

외로운 벤치에 낙엽이 쌓였습니다.
벤치에 옹기종기 모인 낙엽들이 수다를 떱니다.
벤치도 슬쩍 낙엽들의 수다에 끼어듭니다.
가을바람이 낙엽을 휩쓸어 가지만 창공의 햇빛은 반짝입니다.
가을은 쓸쓸하지만 따뜻합니다.

밈의 추억

독서를 하던 중 '밈(meme)'에 대한 설명이 나왔는데 인간에게 유전자가 있듯이 문화도 유전되는데 그러한 문화요소와 전달단위를 이른다고 했다.

나에게는 기억의 심저에 아득히 숨겨져 있는 'meme'이 있었다.

7,8년은 되었을 게다.

늦가을 어느 날 친구 부부와 우리 부부 네 명이 한 차에 타고 한강을 따라 드라이브를 했는데 두물머리에 이르러 청평으로 방향을 바꾸어 북한강 강변을 타고 올라갔다. 산과 나무와 강과 하늘에 걸쳐있는 늦가을의 풍치는 절경을 이루고 있었다.

점심시간이 지날 때쯤 서울의 유명 중국음식점 이름의 이정표를 따라 들어섰는데 길 따라 오르다 보니 산 중턱에 이르러서야 그곳에 닿았다. 문을 들어서니 본채와 별채가 정다운 자매같이 자리 잡고 있었다. 본채는 음식점이었고 별채는 커피숍이었다.

식사를 한 후 주인의 안내로 별채로 옮겼는데 문 위쪽에 'meme'이란 이름이 붙어 있었다. 실내는 좀 어두웠는데 앞 손님들이 막 나가자 우리가 마지막인 듯 너른 공간은 우리만의 차지가 되었다. 어둠에 눈이 적응하자 실내 전체가 유화, 조각, 공예품 등 서양 골동품으로 가득 장식돼 있었고 테이블과 의자도 앤티크 가구였으며 한쪽 구석에는 고풍스러운 피아노, 맞은편 구석에는 벽난로가 있었는데 잔잔히 깔린 클래식 음악은 시간을 떠난 특별한 공간으로 만들어 놓았다.

우리는 커피를 주문했다. 내가 앉은 자리 맞은쪽에 작은 창이 열려 있었고 밖에는 키 큰 나무가 나뭇잎을 다 떨어뜨리고 겨우 몇 잎만 애처롭게 매달려 흔들리고 있었다. 새파란 하늘을 배경으로 메마른 나무줄기와 가을바람에 흔들리는 몇 개의 잎사귀를 담고 있는 창문은 가을의 정수를 담은 차경借景이 되었다. 갑자기 〈마지막 잎새〉가 떠올랐고 멜랑콜리의 늪에 빠져들었다. 커피 향은 왜 그렇게 진하게 와닿던지, 한 모금 커피는 왜 그렇게 머금은 채 떠나지 않던지, 좁은 창문은 액자가 되어 푸른 하늘을 배경으로 한 나뭇잎의 손짓은 나의 마음을 한없이 흔드는 것이었다. 심연에 가라앉아 있던 지나간 청춘의 비탄과 정열이 진흙탕을 일으키며 수면 위로 올라왔다. 이만희 감독의 〈만추〉도 따라 올라왔다. 문정숙과 신성일의 한순간 불같은 정사도 떠올랐다.

나 혼자 공상에 빠져 있을 때 집사람의 부르는 소리에 번쩍 정신이 들었다. 그 커피숍을 나서면서 팻말을 다시 보았다. 'meme!' 무슨 뜻일까? 어떻게 읽어야 하나?

'밈'은 커피숍의 주인이 서양의 골동품을 보며 문화의 연결을 희망하는 뜻임을 이제야 알았다.

그보다 '밈'이 나에게 준 인상은 차분한 조명의 실내, 골동품과 앤

티크 가구, 오래된 피아노와 벽난로, 클래식 음악, 작은 창문으로 보이던 만추, 낙엽, 푸른 하늘, 짙은 커피향, 이런 것이 이제는 모든 것이 말라버린 초로의 남자에게 한순간이나마 청춘의 추억을 되살리고, 맛보게 하고, 뜨겁게 달구어준 또 다른 추억이 되었다.

유진오가 어릴 때 서강 대감 댁의 창랑정에서 만난 어느 소녀와의 손잡음과 나눈 얘기를 솟아오르는 비행기의 굉음 속에서도 아스라이 잊지 못하는 것처럼.

그 뒤로 그 중국음식점을 다시 찾았으나 그 집은 영업을 하지 않았다. '밈'도 그랬다. 아쉬움이 크니 기억은 더 생생해지고 그것은 어느새 그리움을 입고 내 맘속에 추억으로 자리 잡았다.

그때 알려주던 커피의 이름조차 잊은 채 다시는 그렇게 마법 같은 커피를 마셔보지 못했다.

복사꽃 잎은 산에서 흘러 내려오고 있었다
유성의 궤적 따라 꿰어진
커피, 마지막 잎새, 만추, 밈과 나
달가림의 마술 같았다
시간은 바람이 되고 복사꽃잎은 사라졌다
있다는 것은 사라진다는 것
사라진다는 것은 남아 있다는 것
두근거리며 남아 있다는 것

11월

버려진 곳에
맑고 시린 바람이 구름발치에서 불어온다
보아도 보이지 않는 것이 애오라지 영혼을 씻어준다

지구 반대편의 기적 소리에
히말라야의 메아리
바이칼의 파도
메조소프라노의 노래가 떨린다

열꽃은 몰라
낙엽은 떨어지고
수액도 말라
길 잃은 허수아비

체념의,
안식의,
흔하며 숭고한
어머니의 거짓말 같은,

기차는 떠나지만
사라지지 않았다

나는 온통 한 달을 자유에 대한 갈망으로 목말라 했다.
차라리 카톡은 달콤한 외출이었다.
남는 건 두 권의 독서와 소리 없이 흐르는 시간과 공상의 조각들.
이렇게 의미 없이 내던져 버리기에는 무언가 공허가 있었다.

11월은 산을 좋아하는 사람들에게는 1년 중 제일 변화가 없어 재미없는 달이라 했다.
그러나 나에게는 그 불변 속에서 들리지 않는 소리가 있을 것 같았다.
그 소리를 찾기 위해 솜털을 세웠다.

기차는 8시에 떠나가지만,
고래고래 악쓰는 기적 소리가 귓가에 남고
아쉬운 듯 주춤대며 사라져가는 중기기차의 꼬리가 잔상을 남긴다면,
11월은 나에게 지울 수 없는 현재가 된다.

계절의 마무리를 장식하던
노오란 국화의 찬사도 한순간 지나면

간밤의 찬비로 몰골만 남고
아무도 돌보지 않는 뒤안길,
그 뒤안길의 정적 속에도 모르는 그 무엇이 있다.

태풍도 함박눈도 피해가는 11월
꽃도 잎도 다 떠나고
그 버려짐 속에 가지만 남은 나무는 길을 잃었다.

9순을 바라보는 노모와의 엊그제 통화가 떠오른다.
'나는 괜찮다. 느것들 걱정이나 해라'던.
 평생을 뻔한 거짓말로 숨기던 목소리를 생각하면 가슴이 먹먹해
진다.
'어무이, 은자 거짓말 그만하소'

그래서 11월은 아쉬움과 체념으로 채워져 있지만,
늦가을의 햇살같이 따뜻한 사랑이 어느 달보다 필요한 달이 아닌가.

가을 편지

L형,

별빛이 더욱 맑아지는 계절입니다. 고흐의 '별밤'처럼 별빛이 뿜어내는 밤하늘의 휘황한 기류가 세상을 맑고 차게 덮어버립니다.

소리와 빛도 바랜 적요와 그림자란 이름으로.

L형,

시끄러운 것은 어제의 것이고 조용한 것은 오늘의 것이었으면 합니다. 왠지 그렇게 되어야 할 계절입니다.

오붓한 화톳불 가에서 옷 사이로 스며드는 냉기를 흔들리는 불그림자로 쫓아내면서 슬프고 아름다운 현악기 독주 같은 풀벌레 소리에 귀 기울일 때입니다.

지상의 물기는 모두 증발하여 나무도, 나뭇잎도, 꽃도, 잎새도 바싹 마른, 이제야말로 생명의 흔적만 남기고 텅 비는, 가느다란 추억의 끈만 남긴 빈자리에 따뜻한 무엇이 아쉬울 때입니다.

보고 있어도 보고 싶고, 곁에 있어도 그리운 사랑보다 그 사랑을 하는 사람이 더 사랑스러워지는 때입니다.

이런 날은 차라리 백지에 이름 석 자만 쓰인 편지를 받고 싶네요. 빈 공간에 당신의 얼굴도, 조곤조곤했던 목소리도, 슬로 모션의 동작도 담겨 있을 테니까요.

L형,

이런 날에는 논리와 추론을 내려놓는 것이 상책일 듯합니다. 굳이 직관일 것도 없는 직관만 살짝 감추어 두고 바람 속에, 맑은 바람 속에, 구름에, 흘러가는 구름의 무상에 감성의 문을 열어 놓고 내면의 전부를 날려 보냅니다. 새장에서 풀려나간 작은 새같이 한순간을 살아도, 양 날개가 지쳐 어깨뼈가 부러지도록 창공을 날다 이카로스처럼 떨어져 죽더라도, "나는 하늘을 보았다. 그 푸름 속을 날았다. 넘치도록 자유를 마셨다."고 절규해야 될 것 같네요. 그 소리가 메아리 없는 한낱 파장으로 사라진다 해도.

L형,

이 계절을, 이렇게 값지고 아름다운 계절을 부는 바람에 떨어지고 땅바닥을 굴러가는 낙엽처럼, 샛바람이 불면 서쪽으로, 높새바람이 불면 남쪽으로 몸을 맡기는 것은 어떨까요?

사람들이 모이면 모이는 대로 흩어지면 흩어지는 대로 기쁘면 기쁜 대로 외로우면 외로운 대로 발자국 없는 유체幽體같이 사는 것이 어떨까요?

그것도 쉽지 않은 것 같네요. 마음을 비워야 하니까요.

L형,

이 계절은 만물이 시들고 죽고 사라지고 잊혀지고 없어지기만 하는가요?

영원할 것 같았던 빛나던 신록, 뜨거운 태양 아래 무성하던 갈매,

이제는 생명의 원천인 물기를 다 토해버린 퇴색, 아스팔트 위에 뒹굴며 소삭대는 잔해.

가을에는 이렇게 모든 것이 가뭇없이 사라지는 건가요?

모든 살아 움직이는 것들의 무덤이 시작되는 계절인가요?

의미마저 증발해버리고 조락해버린 무채색, 생명체는 가고 색깔도 바랜 무생물만 남았나요?

소란스럽던 여름새들도 무리져 제 고향으로 돌아가 버리고 남긴 침묵 속에 사자死者의 그림자 같은 겨울새가 날아와도 채우지 못하는 허공. 불러도 대답 없는 이름처럼 계절도 이렇게 문을 닫아야 하나요?

'별을 노래하는 마음으로 모든 죽어가는 것을 사랑해야지'

시인의 마음으로 별을 헤고 식어가는 체온을 사랑해야 하는 계절인가 봅니다.

그러나 L형,

모든 해체와 소멸이 세상의 과정임을 압니다.

찬란한 봄이 슬픔의 봄이듯 빛을 잃고 소리를 잃고 슬픔과 외로움만이 채워져 가는 쓸쓸한 가을밤이, 떠오르는 태양의 찬란한 아침의 약속임을 압니다.

시들어버린 민들레 자리에 똑같이 닮은 민들레가 다시 피어날 것을 압니다.

가을바람에 닳고 해어진 날개를 접고 육신도 부서지고 가루가 되어 흙으로 돌아가는 매미의 절망도, 산란관을 통해 땅속 깊숙이 감추어 둔 알들이 긴 회귀 끝에 사라진 제 어미를 빼쏜 새끼 매미들의 축복임을 이미 압니다.

시들고 죽고 사라지고 잊혀지고 없어지는 것이 다시 피어나고 재현되고 생각나고 소생하고 다시 공기를 들이마시는 것임을, 모든 것이 한 몸의 다른 얼굴임을 압니다.

거룩하고 아득한 터닝포인트에 서서 감동이 온몸의 맥박이 되어 가슴 두근거리며 삶의 숨소리에, 몸짓에, 둔중한 발걸음에 귀 기울이는 까닭입니다.

저물어가는 가을밤이 한순간 한순간이 안타까워서 비애와 고독 속에 가슴 조이고 몸을 떨며 뜬눈으로 밤을 지새우는 까닭입니다.

가을밤 서정

가을밤, 바람에
잘 구운 비스킷 같은 마른 잎들이
소삭 소삭 소삭
아파트 담벼락 후미진 곳에 모였다

가랑비같이 내린 시간은
마른 잎 품속에 안겼다가
귀뚤 귀뚤 귀뚤
소리에 잠 못 이루었다

소소하니 마른 잎은
정화수 달빛에 생각을 비우더니
소슬 소슬 소슬
바람에 생각을 다시 담았다

콘크리트 숲에도 밤이 내리면
집집마다 한 등 한 등 불이 꺼지고
아파트 마당은 가을로 채워집니다.

밝은 달은 환하게 캔버스를 펼치고
맑은 바람은 푸른색으로 그림을 그립니다.

바람에 떨어지고 굴러다니다
아파트 담벼락 구석진 곳에 낙엽이 모였군요.
마르고 퇴색한 낙엽은 비스킷 부서지는 소리를 내며 밤을 새웁니다.

가랑비에 옷 젖듯
초저녁이 어느새 한밤중이 되고
간단없이 흐르는 시간이 안타까워
낙엽을 이불 삼아 잠재우려 했는데
어디서 풀벌레 소리에 잠 못 들어
재깍재깍 새벽을 재촉하는군요.

밝은 달빛을 보면서
지난 여름, 용광로 같은 사랑,
찬바람머리, 서리 같은 미움,
모두 다 지우고 마음을 비우려고 하나
바람이 그린 가을밤 서정에
가랑잎 흔들리듯
흔들리고 맙니다.

한밤중 창밖 가을밤을 훔쳐보는 노인은 어느새 소년이 됩니다.

황혼은 아름다워라

우리가 어릴 때에는 공기도 맑았고 하늘도 푸르렀지만, 그 하늘은 넓기도 했다. 그때의 스카이라인은 나지막한 동산, 까치발로 손끝에 닿을 듯한 지붕, 기껏해야 2층인 파출소, 극장, 학교 그리고 그 위는 전부가 하늘이었다.

그때는 날씨가 온몸으로 느껴졌다. 눈이 오나 비가 오나 바람이 부나 추우나 더우나 열린 하늘에서 우리 몸은 가촉可觸적이었다. 자연답게 살았으나 너무나 풍족해 그 고마움도 몰랐다.

지금은 인간들의 채움의 욕망이 빌딩 숲과 아파트의 빽빽함으로 그 넓은 하늘 영토를 다 차지했다. 하늘은 손바닥만 하게 좁아졌고 맑은 공기도 줄어들어 마음 놓고 숨쉬기도 힘들다.

빼앗긴 비움과 함께 소리 없이 사라져간 것 중에 노을이 있다. 아침이면 아침마다 저녁이면 저녁마다 하늘에 그려놓은 그 붉은 추상화를 아낌없이 받아들였다. 얼마나 아름다웠던가! 인간 세상의 복사 생산을 비웃기라도 하듯 하루도 같은 그림을 그리지 않았다. 시시각각으로도 변했다 지금은 도시를 벗어나 여행을 할 때에나 잊었던 노을을 보게 되고 생활 속에, 노래 속에 그 흔하게 불리던 노을이란 단어마저 박제가 돼 버렸다. 꿈과 추억도 그 노을과 함께 사라진 것을 아는가.

노을이 붉은 이유는 대기 중의 불순물이 스펙트럼으로 태양의 빛을 '빨주노초파남보'로 분해하는데 붉은색 쪽만 남기고 산란시키기 때문에 붉게 보이고, 대낮의 하늘이 파란 이유도 같은 원리로 파란색만 남는 것인데, 낮에는 햇빛이 대기층에 수직으로 통과하고 아침, 저녁은 대기층을 비스듬히 통과하면서 다르게 나타나는 현상이라 한다.

또한 황혼의 원인은 대기 중의 불순물이 빛을 산란시켜 어두운 부분으로 빛을 반사하면서 일몰 후에도 부드럽고 온화한 황혼빛이 한참 동안 남아 있게 된다.

황혼이 없으면 전깃불 끄듯이 명암이 확연한데 세상은 얼마나 삭막해질까.

우리나라는 반도로 돼 있어 황해를 접한 연안에는 석양을 즐기는 장소가 많다. 그중 주위의 풍광과 더불어 아름다운 황혼을 연출하는 곳을 낙조대落照臺라 하여 사람들의 발길이 끊이지 않는다.

내가 황혼의 아름다움을 감동 깊게 느꼈던 곳은 강화도에 있는 적석사積石寺의 낙조대에서다. 더욱 절경이었던 것은 시야가 망망대해가 아니라 물과 뭍이 서로 물고 물리고 저 멀리 바다가 펼쳐지는 보기 드문 지형이었기 때문이다. 망망대해에 구름 없는 맑은 하늘에 해가 지는 풍경도 간결미가 있어 좋아 보이지만, 일출과는 달리 황혼은 구름들이 적당히 하늘에 그림을 그려야 한다. 그런데 적석사의 낙조대는 하늘과 땅과 바다와 섬들과 저수지가 함께 어울려 창세기 카오스의 한 장면을 연출하고 있었으니 얼마나 아름다웠겠는가! 거기다 아름드리 붓으로 붉은색, 주황색, 노란색으로 칠을 한 황혼은 나의 넋을 빼앗을 수밖에. 그 색을 꽃색이라 해야 하나 핏빛이라 해야 하나. 가슴 두근거리게도 가슴 저리게도 한 그 붉은빛. 더없이 견딜 수 없어 열꽃을 피우는 열병 같기도, 수억 년을 인고한 가이아의 분노가 지각의 뚜껑을 열어젖히고 쏟아내는 화산탄과 용암 같기도 하다. 그 빛은 침묵을 타고 무슨 메시지를 보내는 걸까.

그리고 서서히 어둠 속에 묻혀가는 빛. 음예陰翳 속에 몸이 잠긴다.

이제 막 대학 생활을 시작했을 때였으니까 50년 전, 1970년 전후였다. 중·고등학교를 건너뛰어 국민학교 동창회를 E대 입구 어느 다방을 빌려서 하게 되었다.

반갑기는 한데 거리감은 있고, 편하게 행동하자니 몸은 굳어 있고, 부드럽기도 하고 서먹하기도 한 자리였던 것 같다. 낯익은 낯섦이었다.

50명쯤이나 됐을까. 노래자랑 시간이 되었다. 당시는 젊은이들의 음악 세계는 pop song이 대세였으니까 한 곡, 두 곡, pop song으로 이어지던 중에 느닷없이 이미자의 노래가 흘러나왔다. 그것도 여대생의 입에서 나온 노래는 순식간에 시끌벅적하던 분위기에 찬물을 끼얹고 노랫가락만이 공간을 채웠다.

아씨

작사 임희재

옛날에 이 길은 꽃가마 타고
말 탄 님 따라서 시집가던 길
여기던가 저기던가
복사꽃 곱게 피어 있던 길
한 세상 다하여 돌아가던 길
저무는 하늘가에 노을이 섧고나

노래가 끝난 후 반응이 어땠는지 기억이 안 난다. 다만 기억나는 것은 다른 모든 pop song은 기억에 남지 않았으나 이미자의 이 노래는 내 마음속의 애창곡으로 남아 있다. 한국가요라면 벌레같이 싫어하던 그 시절, 인텔리 대학생에게 있기 마련인 위선을 벗고, '임금님은 벌거숭이'라고 고발하며 순수한 감정을 보란 듯이 내보이던 그녀의 당당함에 나는 반해 버렸다.

그녀의 소식이 끊어진 지도 수십 년이 된다. 그녀는 지금도 그 노래를 부를까. 그 노래를 부르면서 저무는 하늘가의 노을을 보고 있을까.

이 노래는 마지막 절인 '저무는 하늘가에 노을이 섧고나'에 결론이 있고 촛점은 노을을 보는 슬픔에 있다.

왜 슬플까? 한 인생을 돌아보는 감정이 왜 하필이면 기쁨도 노여움도 아닌 슬픔일까?

지나온 인생을 돌아보면 온갖 감정이 교차한다. 노력했으나 얻지 못했던 안타까움, 얻었던 만족, 따르던 교만, 놓쳐버린 사랑의 애틋함, 사랑하는 사람과의 가슴 찢어지는 이별, 만리장성 같은 우정, 그 우정의 배신, 인생의 절벽에 선 고뇌, 죽음의 유혹, 이런 모든 인생사의 희로애락이 얼굴의 주름살로 남을 때, 저 붉게 타는 하늘의 휘황함은 용광로같이 모든 것을 녹여서 뒤섞는다. 거기서 뽑아낸 한 줄기 감정이 슬픔이 아닐까. 그 슬픔에는 희로애락이 모두 녹아들어 있고, 그것들이 모두 정제된 감정이 아닐까. 이제는 모든 것을 포용하고, 처절함도, 노여움도, 애간장 태움도, 벅찬 감동도, 소름 끼치는 공포도, 오르가즘의 엑스터시도, 모두 녹아 있는 포용과 초월의 느낌. 그것이 잔잔한 슬픔으로 나타나는 게 아닐까.

이제는 오는 것과 가는 것이 다 같은 자리이고 올 때도 갈 때도 공수空手라는 똑같은 인생임을 알 때, 지나온 세월의 치열했던 모습이 슬픈 영상으로 비치는 게 아닐까.

낙조대의 등 뒤에서 같은 방향으로 황혼을 바라보는 해수관음보살상의 눈빛에는 측은지심의 슬픔이 가득하다.

황혼의 아름다움은 보는 자의 가슴에 차오르는 슬픔으로 더욱 아름답다.

혼자 걸어도 외롭지 않다

잿빛 블록 위에 낙엽이 그림을 그릴 때는
먹구름이 푸른 하늘을 지워버리고
굵은 빗방울을 바람이 흩뜨려 놓아도,
혼자 걸어도 외롭지 않다

촛불 모양의 가난한 샹들리에가
밝지도 어둡지도 않게 빛을 비추고
네모 조각 여섯 개의 작은 창문 밖으로
행인들이 배우같이 화면을 채울 때면,
한 잔의 커피에도 외롭지 않다

바바리코트의 여자가 존 레논 닮은 남자를 말없이
쳐다보는 것이
이루어질 수 없는 사랑을 예감케 할 때
불행해도 외롭지 않고 외로워도 뜨거운 시간이 흐르고,
가을은 깊어만 간다

찬바람에 외투 깃을 세우고
가로등 불빛 아래 갈 길 몰라 헤매어도

가을은 따뜻함을 기다리게 하는 계절,
혼자 걸어도 외롭지 않다

혼자서 길을 걷는다. 한 잎의 낙엽이 눈앞으로 떨어진다. 떨어진 보도블록에는 이미 몇 개의 낙엽이 모자이크를 만들고 있다.

어느 골목길, 꽃으로 장식된, 그보다는 꽃으로 덮여 있는 작은 카페의 문을 연다. 넓지 않는 공간에 한 테이블에만 손님이 있다. 한 잔의 커피를 시키고 구석 자리에 몸을 기댄다. 숲속의 난쟁이 집같이 세로 길이의 여섯 칸의 작은 창문이 외부와 통하고 있다. 그 창문에 달려 있는 두 개의 인형이 바람에 흔들린다. 하나는 신데렐라, 또 하나는 피노키오. 그들은 줄에 매인 꼭두각시같이 움직이고 얘기를 한다. 피노키오의 코가 길어진 것을 보니 거짓말을 하고 있나 보다.

창밖으로 사람들이 지나간다. 한 사람이 지나가고 두 사람이 지나가고 드물게 여러 사람이 지나간다. 창틀에 갇힌 그들 하나하나가 스크린의 배우같이 영상을 남긴다.

실내에는 촛불 모양의 전깃불이 흐릿하게 켜진 샹들리에가 날씨를 닮아 적당한 모양에 적당한 조도다. 둘러싸인 벽에는 작은 액자들, 인형들, 노벨티들, 아이돌의 얼굴들. 사방에 오브제가 널리었고 내 감관은 문을 활짝 연다.

창가에는 데이트 중인 커플이 커피를 마시고 있다. 여자는 날씨에 어울리게 바바리코트를 걸치고 코트의 깃을 덮을 정도의 헤어스타

일을 하고 남자는 청바지에 점퍼 스타일로 존 레논 안경을 끼고 있다. 자세히 보니 두 사람 사이에 디저트가 없듯이 웃음도 없다. 소박한 커피 잔만 있고 청춘은 지난 듯 연륜이 있어 보인다. 그들 사이에 대화와 침묵이 반반으로 교환되나 시간을 허투루 쓰는 빈틈은 없다. 어딘지 모르게 긴장이 흐르고 무언의 대화와 치열한 감정의 교환이 그들의 공간을 팽팽히 잡아당긴다.

카페를 뒤로 하고 나는 혼자서 길을 걷는다. 춥다. 추운 것은 사랑을 부르는 것.

어느새 날은 어두워 가로등이 밝다. 정처 없이 걸으나 지나치는 모든 것을 보고 느끼고 알아차린다. 그래서 혼자 걸어도 외롭지 않다. 고독은 자기 성찰의 값비싼 기회란 생각에 릴케의 문구를 외어 본다.

"어떻게 살아야 할지 모를 때면, 둘이 있어도 외롭다. 고독하다는 말에는 살고 싶다는 장래 희망이 있고, 충분히 고독했다는 말은 어떻게 살아야 할지 충분히 고민했다는 말이다."

11월은

학창 시절 스쿨버스 정류장과 가까워서 K대 입구에서 하숙을 한 적이 있었다. 하숙집 사장님은 아주머니였고 아저씨는 도우미였다. 두 분의 콤비네이션은 소리 없이 좋았다.

어느 날 곰국이 메뉴로 나왔다. 그다음 날이었을 게다. 내가 부엌으로 가다가 아저씨와 마주쳤다. 아저씨는 움찔하며 도둑놈 제 발 저린 듯,

"뼈다귀를 그냥 버리는 게 아깝잖아. 그래서 한 번 더 우려내는 거지. 학생도 한 그릇 해."

하는 것이었다. 아저씨는 아주머니가 버리려고 모아둔 곰국 뼈를 몰래 3탕을 하고 있는 중이었다.

"어때, 맛있지? 원래 골수 영양분은 마지막에 남아 있는 거야."

3탕째 곰국은 기름기도 없고 진국도 빠지고 묽었지만 곰국 맛은 남아 있었다. 나는 아저씨의 살가움에,

"정말 진국이네요. 골수 맛이 이런 건가 보죠."

라고 대답했다.

11월은 왠지 그 세 번째 우린 곰국 생각이 나게 한다.

여름을 씻어내는 산들바람이 지나가고 체액을 용트림하며 짜낸 단풍의 화려함이 지나가고 이제는 외투 깃을 세우게 하는 찬바람과

몇 장 남지 않은 잎새들과 우수수 떨어져 이리저리로 굴러다니는 낙엽을 보니, 씻기고 벗겨지고 비워진 가을 풍경이 기름기 빠지고 진국 빠지고 맛도 빠지고 묽은, 그래도 버리기 아까운, 아니 모자라서 애착이 더 가던 세 번째 곰국물을 닮았다.

11월은,

2%가 부족해서 채우려던 꿈이 이제는 추억이 되고 2%만 남아 있는 게 고맙기만 한 계절이다. 사람의 마음은 예측할 수 없는 성질을 갖고 있어서 소유가 많을수록 부족을 더 많이 느끼고 소유가 적을수록 그것에 만족하고 고마워하는 것 같다. 흐드러지게 만발하던 꽃들에게 100% 만족을 못 하고 뜨거운 태양 아래 세상을 뒤덮던 녹음의 무성함에도 100% 충족하지 못하다가 이제 겨우 2%만 남은 이파리가 안타까워 아쉬운 눈으로 드러난 가지에 붙은 마른 잎을 하나둘 센다.

그래서 11월은,

먹을 것도 없으면서 버리기에는 아까운 계륵 같기도 하다. 하늘 높이 떠 있는 서너 조각 구름 같기도 하다. 빛바랜 사진 같기도 하다. 사진도 작고 그 사진 속의 사람들은 더 작은, 줌업해서 확대해 볼 수도 없는 그 사진이 머금고 있는 얘기들이 많아서, 그리움을 많이 담고 있어서, 따뜻하게 품고 싶은 11월과 닮았다.

11월은,

때로는 을씨년스럽게 추적추적 내리는 가을비 같기도 하다. 오랫동안 몸에 붙이고 입었다가 새 옷에 밀려 한구석에 던져진 헌 옷 같기도 하다. 아직도 체온이 남아 있고 내 몸에 길이 잘 든 저 옷도 해어져야 하는가.

11월은 그런 미련같이 우리 주위에 널려 있다.

반년이 지나 어머니를 찾아뵈었다. 줄어들다 잠시 멈춘 손바닥만한 얼굴. 핏기가 가시고 하얗게 바랜 얼굴이 애처롭다. 갖고 있던 모든 것 주어 버리고 남은 공허한 색깔. 그 흰 얼굴이 밝게 보이지도 않고 웃고 있어도 기쁘게 느껴지지 않는 것은 무엇 때문일까. 산란하고 기진하여 강물에 떠내려가는 연어의 허옇게 탈색한 살빛 같기도 하다.

모자라는 힘으로 내 손을 꼭 쥐고 만지고 비비는 손이 부드러운 것은 긴 세월 동안 닳고 무디어져 이제는 손금 구분도 없는 맨살 때문이겠지. 내 손을 타고 오는 체온도 타다 남은 잿불같이 미지근하다.

11월은 그렇게 닳고 헤어진 모정 속에도 흐른다. 소리 없이 흐른다.

11월은 그러나,

슬프고 맑은 계절의 비워진 자리를 채우는 또 다른 것들이 있다.

잔사에서 사금을 골라내듯, 낙엽이 휩쓸고 간 허공에서 기억을 줍고 이야기를 담고 누군가에게 편지를 쓰는 계절이다.

따뜻한 커피의 향기 속에 그리움이 있고 추억의 반추가 있다. 외로움이 자라서 사랑이 되고 맑음 위에 색깔이 피어나고 침묵 속에 꿈이 영근다.

그래서 11월은 사라져도 남아 있고 외로워도 그립고 없어도 행복한 계절인가 보다.

비스듬히 비추는 햇볕의 온기가 아쉽듯이 11월은 그렇게 지나간다.

별이 빛나는 하늘

봄날은 간다

식물도감을 산 이유

나는 오늘 식물도감을 한 권 샀습니다. 제목이 '세밀화로 그린 어린이 식물도감'입니다. 왜 어린이용을 샀냐구요? 식물에 대해서 어린이만큼밖에 아는 것이 없거든요. 길을 걷다가 눈에 들어오는 식물의 이름도 모르는 게 더 많거든요. 어린이의 호기심으로 보겠다는 욕심도 부인하지 않겠습니다.

우리는 식물들과 대단한 관계 속에 살고 있으면서도 의식하지 못합니다.

첫째는, 숨 쉬는 것부터 식물의 탄소동화작용의 부산물인 산소를 이용하는 것입니다. 지구상의 거의 모든 산소는 식물이 생산하여 대기 중의 산소 21%의 구성비를 유지해 줍니다. 인간은 물론 모든 생명체가 그 산소로 호흡하며 생명을 유지합니다.

둘째는, 식물은 우리들이 살아갈 수 있는 에너지원을 공급합니다. 모든 식물성 식자재 — 곡물, 야채, 과일, 견과, 꿀, 향신료 — 등 헤아릴 수 없는 종류의 엄청난 양의 영양분을 공급합니다. 70억 인구의 영양 공급의 대부분을 식물이 공급합니다. 동물성 식자재도 마찬가지입니다. 가축들은 식물을 먹이로 사육합니다. 육식동물도 식물로 성장한 초식동물을 영양 공급원으로 생존합니다. 이 세상에 식물이 없으면 초식동물이 있을 수 없고 초식동물이 없으면 육식동물이 있을 수 없습니다. 잡식을 하는 인간도 식물이 없으면 살아갈 수 없습니다.

셋째, 인간 생활에도 절대적인 역할을 합니다. 집도, 수레도, 배도, 가구도 없는 인간생활을 상상할 수 없습니다. 불은 탄소의 산화작용으로 생기는데 나무에 불을 일으켜 사용하였고, 불의 성질인 빛과 열을 연구하여 원자력까지 발전시켰습니다. 나무가 없어 불이 없었다면 인류의 문명도 발전도 없었을 것입니다.

넷째는, 인간의 정신적 양식인 정서적 영향력도 거의 절대적입니다. 미술사의 명화에 나오는 그림 중에 나무, 숲, 꽃, 과일, 농사일 등을 지워버리면 옷 벗은 여인상밖에 남지 않을 것입니다. 음악은 더 말할 나위도 없습니다. 피아노, 현악기, 목관악기가 모두 나무로 만들어졌으니까, 식물이 없었다면 몇 가지 금속 악기와 사람 목소리밖에 남지 않았겠지요. 피아노도 없이, 책상도 의자도 없이, 종이도 없이, 털가죽 옷을 입고 작곡에 열중인 베토벤을 상상해 보십시오.

나무의 조경적 역할도 대단합니다. 도시의 주요 부분이 식물로 장식되어 시민들의 휴식과 정서함양에 큰 역할을 합니다. 봄이면 꽃나무들이, 여름이면 여름 화초들이, 가을이면 낙엽들이, 겨울이면 눈꽃이 핀 침엽수가 인간의 감수성과 상상력에 미친 값진 역할을 기억합니다. 식물이 없었다면 그 삭막한 세상에서 《로미오와 줄리엣》이, 《젊은 베르테르의 슬픔》이, 《러브 스토리》가 나왔겠습니까.

내가 식물이 만든 산소로 숨을 쉬고, 식물의 온몸을 취해서 내 몸과 힘의 원료로 쓰고, 꽃을 보고 숲을 가까이하며 감성을 조율한다면, 나와 식물 간에 경계가 있는 건가, 식물의 변태가 나란 인간이 아닐까, 장자가 꿈속의 나비가 되듯 내가 나무가 되어서 세상을 보고 나를 본다면 어떨까 하며 생각해 봅니다.

식물은 이렇게 우리와 불가분의 관계에 있으며 한 시도 그 관계를 끊고는 살아갈 수 없습니다. 우리는 그렇게 신세를 지고 있으면서도 미안한 생각 하나 없이 고마운 마음 하나 없이 철면피로 살아갑니다. 반대로 식물들은 우리에게 그런 중요한 도움을 주면서도 불평 하나 하지 않고 끊임없이 관계를 계속하고 희생하며 우리들을 도와주고 있습니다.

그러한 사실에 일말의 가책을 느껴 식물에 대한 관심을 갖고자 식물도감을 샀습니다. 사랑을 실현하기 위한 행위가 앎이란 것을 알았습니다. 왜 초록색이 탄소동화작용을 하는지, 무지하고 이기적인 인간들에게 식물이 역습을 하지나 않을지, 식물도 의식을 가졌는지, 식물과 사랑을 나눌 수 있는지, 궁금한 모든 것을 깨우치기 위해 낭비되는 시간을 줄여 진지한 삶에 초점을 맞추어 볼까 합니다.

앎은 이해가 되고, 이해는 교감이 되고, 교감은 사랑이 될 것이라 기대하기 때문입니다.

모든 것은 기적이다

잠자리에 누웠을 때 아무런 생각 없이도 잠이 들고 아무런 의식 없이 호흡을 하며 필요한 수면을 취한 후에는 저절로 일어난다. 생각할수록 신기하지 않은가? 생명이란 게 인체학적으로 들여다보면 볼수록 복잡하기 그지없는데, 우리는 미토콘드리아나 에너지 대사가 뭣인지도 모르면서 그 메커니즘을 바탕으로 의젓이 살고 있는 것이다.

그것은 기적이다. 기적이란 상식으로 생각할 수 없는 기이한 일이라는데, 이보다 더 기이한 일이 있겠는가?

한때 수석점을 찾아 주인의 수석에 대한 설명을 들은 적이 있다.

"돌이 가진 역사는 수억 년으로 올라갑니다. 어떤 돌은 지하 수백 km에서 마그마로 있다가 화산이나 지진으로 용암이나 화산탄으로 지상으로 나와 식고 굳어져서 돌이 된 채, 또 긴 세월이 흐른 후 산에서, 강에서, 바다에서 바람과 물에 부서지고 마모되어 생긴 것. 또 어떤 것은 모래와 자갈과 진흙과 때로는 생물의 사체와 함께 쌓이고 눌려서 굳어진 것. 또 어떤 것은…"

그의 말은 끝이 없었다. 그렇다. 수석점에 있는 잘생긴 돌이 아니라도 길바닥의 돌멩이라도 지구의 시원과 함께하는 생명을 가지고 있다. 영겁의 시간을 흘려보내면서 단군 시조보다 더 아득한 지구의 역사와 신화와 윤회의 비밀을 안고서 함묵하는 돌멩이가 되어 기적이란 모습으로 살아 있다. 어쩌면 돌 속의 한 원자에는 나의 옛 뿌리의 원자가 옮겨가서 있는지도 모른다. 기적은 그렇게 상상할 수 없는, 거의 0%의 확률을 실현시키는 마술이니까.

민들레가 꽃이 피고 씨를 맺고 바람에 날려가 어떤 곳에 떨어져 이듬해에 비와 바람과 햇빛에 의해서 발아하고 잎이 나고 꽃이 피는 것은 예삿일이 아니다. 그것은 기적이다. 바람에 실린 민들레 씨앗 하나가 바람의 방향과 세기에 선택되어 민들레로서는 예상할 수 없었던 땅 위에 떨어져 계절을 지나고 적당한 빗물과 적당한 햇빛과 적당한 토양의 양분으로 싹이 트고 탄소동화작용을 하여 노오란 꽃이 개화되는 것이 신기하지 않은가? 그중에 많은 씨앗은 아스팔트 위에서, 빗물에 휩쓸려서, 어느 집 마당에서 빗자루에 쓸려 썩고 태워지고 없어졌을 것이다. 그뿐만 아니다. 이 세상의 수많은 민들레 중 하필이면 이 아파트에서 그것도 내 눈에 띄는 곳에 있는가? 내가 보는 민들레 한 송이는 헤아릴 수 없는 민들레 중 하나인 것이다. 얼마나 귀한 생명이며 만남인가. 기적이다.

연어구이가 반찬으로 나왔다. 이 연어는 어디에서 왔을까? 아마도 수자원관리공단에서 인공부화되어 양식장에서 치어로 자라 동해안의 한 하천에서 방류되어 동해로 나가 오호츠크해를 거쳐서 태평양을 건너 알래스카를 회유하여, 그 역순으로 동해안으로 돌아왔을지도 모른다. 연어는 거센 파도를 뚫고 조류에 몸을 맡기다가도 생존을 위한 포식을 하고 상위 포식자를 피하기 위한 몸부림을 치면서 4~5년에 걸쳐 0.3%의 회귀율로 모천으로 돌아온다, 포획된 연어는 시장의 유통을 거쳐 밥상에 올라온 것이다. 천신만고를 거친 얼마나 기이한 인연인가? '엄마 찾아 3만 리'보다 더 먼 거리, 더 낮은 확률에, 나와 연어의 만남은 기적이라 해도 부족함이 없다.

세상은 기적으로 쌓여 있다.

인간과 인간의 만남뿐만 아니다. 인간과 동물, 식물, 무생물도 마찬가지다. 한순간 한순간 우리는 기적 속에 산다. 나의 삶 자체도 기적이지만, 나의 주위도 전부 기적이다.

우리는 이런 기적에 놀라야 한다. 놀라고 감사해야 한다. 이러한 엄청난 기적 속에서 나의 존재, 나의 생명, 나의 가족, 사회, 국가, 세상이 이렇게 숨 쉬고, 움직이고, 변하고, 지속되는 것을 인지해야 하고, 감탄해야 하고, 감사해야 한다.

내가 좋아하는 것만 가치가 있는 것은 아니다. 나의 반려견, 베란다의 잘 가꾼 꽃, 비싼 골동품만 가치가 있는 것이 아니다. 내가 소유하지 않고, 내가 덜 좋아한다 하더라도, 설령 나에게 귀찮고 쓸모없는 것이라 해도, 그의 존재에 놀라워하고, 감사하고, 존경하여야 한다. 슬프고 외롭고 힘들어도 생명과 존재는 그 스스로가 축복이다.

세상의 모든 것은 지금의 있음으로 이 세상이 있을 수 있는 것이고, 모래알 하나라도 불필요한 것은 없다.

톺아보기

우리가 꽃을 볼 때는 겉모습인 꽃잎과 그 자태를 보고 예쁘다고 한다.

그 꽃잎의 안쪽을 들여다보면 암술과 수술이 모여 있는 것을 볼 수 있는데 한 꽃에서 자가교배가 되지 않는 이유는 암술과 수술이 수분하는 시점을 달리하기 때문에 타가교배를 하게 되고 종의 번식을 튼튼하게 한다.

무지갯빛으로 아름답게 보이는 벌새, 나방, 딱정벌레, 물고기의 색깔은 본색이 아니라 깃털이나 비늘에 있는 작은 홈과 등마루가 프리즘 역할을 하여 빛을 분해하여 무지개 색으로 나타난다.

이러한 것들은 과학자들의 눈에 의해 밝혀진 사실이다. 그들 또한 지대한 관심과 진리탐구의 열정이 자연을 자세히 의식하여 보았기 때문이다.

그뿐만 아니다. 뉴턴도, 다윈도, 코페르니쿠스도 자연을 자세히 보고 그 원리를 찾아낸 것이다. 자세히 보기 위해 현미경도 망원경도 만들었다.

솔밭을 걷다가 싱싱한 솔방울을 하나 따서 코끝에 대니 솔향이

향긋하다.

집으로 돌아와 무심코 주머니에 들어 있던 솔방울을 책상 위에 던져두었다.

밤사이 솔방울의 비늘 틈새가 활짝 벌어졌다.

놀라운 변신에 손에 들고 자세히 들여다보았다.

벌어진 틈새에는 날개를 단 솔씨가 숨어서 언젠가는 바람에 날아갈 준비를 하고 있었다.

아, 내가 꿈을 꾸는 사이에 작은 솔씨는 소나무가 될 꿈을 키우고 있었구나.

세상의 만물은 보는 자에게 문을 열어 준다.

무관심한 사람에게 문을 닫는다.

자세히 보는 만큼 자세히 보여준다.

그래서 나태주 시인은 이렇게 읊었다.

풀꽃

자세히 보아야 예쁘다

오래 보아야 사랑스럽다

너도 그렇다

시간 죽이기, 시간 살리기

데이빗 소로우는 그의 저서 《월든》에서 하루의 생활을 짧은 노동 시간, 긴 자연과의 조화, 깊은 사색으로 2년 2개월간 혼자서 생활한다. 그는 그의 삶을 헛되게 보내지 않기 위해 인생의 본질적인 사실들만을 직면해 얻고자 했다. 그의 삶은 의도적인 삶으로 꾸며졌으며 그의 삶이 아닌 것은 살지 않으려 했으며 죽음을 맞이했을 때 헛된 삶을 살았구나 하고 후회하는 일이 없도록 했다.

그는 자연의 섭리가 이루어지는 것을 눈여겨보았으며 나침반과 쇠사슬과 측심줄을 가지고 호수 바닥을 면밀하게 측정하기도 했다. 그는 허둥대지는 않았으나 하루하루를 성실하게 살았고, 화려한 자랑거리는 없었으나 삶의 진지함은 그의 생활 속 어디서나 배어 있었다.

알베르 까뮈는 《이방인》을 쓰며 뫼르쏘를 통해 삶에 대한 의식화를 강조했다. 뫼르쏘가 마리를 걸프렌드로 생각하면서 사랑하는 줄을 모르고 어머니의 죽음에 눈물 흘릴 줄도 모르고 해변에서 아랍인을 향해 총을 쏘면서도 왜 쏘았는지도 모르고 체포되어서 사형선고를 받고는 부속 사제의 하느님 앞에서의 회개를 요청받으면서 거절하다 오히려 그 사제를 향해 절규를 폭발시킨다.

나는 이제 알았다. 당신은 살아가는 의미를 아느냐? 다람쥐 쳇바퀴 돌듯 아무 생각 없는 습관 속에서 나에게 무슨 회개를 요구하느냐 절규하고 진실한 반성을 하며 죽음을 의식으로 받아들인다. 그는 죽음 일보직전에야 실존의 의미를 알고 짧은 실존의 삶을 산 것이다.

《죽음의 수용소에서》의 저자인 프랭클 박사는 아유슈비츠란 극한의 공간에서 살아남을 수 있었던 것은 집에 두고 온 아내를 그리워하고 매일같이 매시간마다 그녀와 대화를 나누고 그녀를 사랑했다는 것, 거기서 겪었던 그 모든 일보다 그 사랑이 그에게 소중한 의미였다는 것 때문이었다는 것이다.

그러한 삶의 의미가 죽음의 공포로부터 헤쳐나온 삶의 의지가 되고 실존적 역동성이 되었다. 삶의 의미란 의식적으로는 행동화하고 무의식이라는 창고에 언제나 재현될 수 있는 삶의 에너지로 저장했다. 그는 그 체험을 바탕으로 로고테라피란 실존분석을 통한 정신요법을 창안했다.

이와 같이 소로우나 까뮈나 프랭클같이 삶에 대한 사색 끝에 삶의 가치가 삶의 본질, 의식화한 삶, 삶의 의미에 두고 있지만 그것을 자세히 들여다보면 모두가 삶의 중요성을 공지하고 그 가치를 찾았으며 삶 자체를 그 가치에 방향을 같이 하며 삶을 살아왔다. 그들은 삶의 소중함을 알았다. 그리고 숱한 사람들이 잘못된 삶을 살아가는 것을 알고 그것을 깨우치려고 했다. 삶이란 무엇인가를 숙고하여 어떻게 살 것인가를 찾아내고 그것을 따라 살았다.

그냥 하루하루를 습관에 기대어 남들 하듯이 아무 생각 없이 — 현실적 타산이 아니라 삶의 본질에 대한 생각 — 보내기에는 삶이 너무 아깝다. 그것은 삶을 방기하는 것이며 모독하는 것이다. 누구나 죽을 때 자기의 삶에 후회하지 않고 만족하는 마음으로 맞이하는 것이 책임 있는 삶이고 죽음 앞에 당당한 것이다.

어떻게 살 것인가.
그것은 삶의 가치를 찾아내는 것이다. 내 생의 가치는 어디에 있는가? 내가 지금 하고 있는 행위는 바른 것인가? 아주 밑바닥부터 성찰해볼 필요가 있다. 그것을 하기 위해서는 깊이 생각하기만 하면 된다.

과연 삶의 의미가 돈인가, 출세인가, 행복한 가정생활인가, 건강인가, 영화 같은 러브스토리인가, 예술인가, 골프인가, 애국인가, 마음의 평온인가, 신인가, 도덕인가…. 결정이 되면 정립하여 자기의 가치관으로 삼는다. 물론 복합적일 수도 자기만의 것으로 변형될 수도 있다. 후회하지 않는 삶을 목표로.

나는 가치 있는 삶을 살고 있는가?
나는 돈을 모으기 위해 최선을 다했는가?
나는 시다운 시를 쓰기 위해 세상의 본질을 들여다보고 체험하며 나만의 창의적인 표현을 했는가?
나는 하느님의 가르침을 실천하고 이기심을 버리고 불쌍한 사람들에게 사랑을 나누었는가?

지난 일주일을 기억해 보자.

잠 푹 자고 아침 해가 중천에 이르러서야 눈을 떴다. 신문 보고 카톡 읽고 답하고 어느덧 점심 먹고 친구 만나고 당구 치고 커피 마시며 잡담하다 저녁 먹고 집에 와서 TV 보다 잤다. 하루는 책을 보다 재미없어 던져버리고 골프 연습장에서 시간 보내다 사우나 가서 한숨 자고 왔다. 하루는 골프 치러 갔다 왔다. 하루는 술친구 만나 술을 마셨다. 또 하루는 온종일 바둑판에 붙어 있었다.

그래도 의식주 걱정 없이 마음 편하니 참 다행이네.

생활의 과정이 TV 보기, 신문 읽기, 음주, 골프, 당구, 바둑이 깔려 있는데 외형적으로 보면 어느 것 하나 가치 있는 삶의 범주에 들어 있는 것이 없어 보인다. 그 친구와 두세 시간 떠들었는데 무슨 얘기를 나누었는지 생각나지 않고 그 친구랑 당구 친다고 시간 가는 줄 몰랐는데 내 삶에 어떤 의미로 존재하는지 생각도 없고 이리저리 시간 보내다 보니 1년이 후딱 지나고 5년이, 10년이 한 것 없이 내 얼굴만 늙게 해놓고 지나가 버렸다.

책을 읽은 중에 작가의 인생관이 나에게 가슴 떨리게 감동을 주어 나로 하여금 내 인생을 다시 바라보게 한다든지, 돋보기로 들여다본 야생화의 숨은 모습을 보고 자연이 안고 있는 신비의 경이로움을 느낀다든지, 장애인의 불편을 도와주는 작은 친절을 보인다든지, 하루 만 보 걷기를 지키며 나른한 피로를 통한 건강을 느낀다든지, 새벽 명상 속에 정신을 정화한다든지, 혼자 마시는 커피의 맛을 음미하며 사색에 빠져 본다든지, 아름다운 음악에 귀 기울인다든지….

삶의 순간순간에 삶을 들여다보아야 한다. 깨어 있어야 한다. 지나가는 버스, 사람들, 길고양이, 오래된 건물, 가로수, 소음, 먼지… 어느 것 하나 소중하지 않은 것이 없다. 어느 생명 하나 신비롭지 않은 것이 없다.

어떤 것이 시간 죽이기이며 어떤 것이 시간 살리기인지 알 만하지 않은가? 시간 죽이기를 하는 사람은 삶의 권태를 이기지 못하고 한없이 시간이 많아 보이지만 시간은 순식간에 덧없이 지나가고, 시간 살리기를 하는 사람은 삶의 소중함을 온몸으로 느끼고 시간이 아까워 한 시간, 1초도 보람되게 간절하게 살며 시간이 지날수록 풍부해지는 마음 세상은 오는 시간을 더욱 값지게 보내고 싶어진다.

이렇게 살다보면 삶 자체의 가치를 느낀다. 그 가치를 느낄 때 삶의 고마움을 느낀다. 그 고마움이 느껴지면 행복해진다. 가슴에 차오르는 충만감. 얼굴에는 미소가 떠오른다. 그러면 됐다.

우리가 가야 할 길

대한민국은 유사 이래 최고의 국가적 번영을 누리고 있다. 세계 10위의 경제강국… 국민일인당 소득도 3만 불의 시대로 향하고 있다. 자유로운 삶… 국민교육수준 세계최고, 문맹율 세계최저, 인터넷 보급율 세계 제일, 일상생활의 편리도 최고… 지난 반세기 동안 기적과 같은 국가적 발전, 피원조국에서 원조국으로 변신한 유일한 나라…

한국인의 자살율은 OECD 국가 중 지난 8년간 연속 1위, 매년 약 15,000명, 하루 평균 40명 자살… 이혼율 미국과 1~2위 다툼, 매년 115,000쌍 이혼, 국민 전체의 행복도 OECD 국가 중 중하위, 청소년 행복도는 조사 대상 OECD 국가(23개 국) 중 지난 4년 간 계속 꼴찌, 18세 이상 성인 중에서 최근 1년간 한 번 이상 정신 장애 경험자 전체 인구의 16%인 588만 명….

이게 우리들의 자화상이다. 근자에 흔히 쓰는 hell 조선, heaven korea이다. 천당, 지옥이 함께 하는 지구상에도 희귀한 나라다. 국민 모두가 조울증을 앓고 있는지도 모르겠다. 한쪽 귀에는 k-pop이 다른 한쪽 귀에는 실업구제구호가 시끄럽다.

Hell 조선의 악명을 벗어던지고 heaven korea로 갈아입을 수 있을까? 그 방법은 무엇인가?

지구상의 heaven인 나라들은 어떤 나라일까? 당장 우리 머릿속에 떠오르는 나라들은 스웨덴, 노르웨이, 덴마크일 것이다. 개인당 소득 7~8만 불을 헤아리는 부국이면서 국민 모두 행복하게 살고 있다. 그들은 우리의 롤 모델이 될 수 있다.

타게 에를란데르는 1946년부터 1969년까지 23년간 스웨덴의 총리로서 스웨덴의 복지와 선진국가의 틀을 만든 사람이다. 그는 노사갈등을 해소하고 국민통합을 이루기 위해서 매주 목요일 총리 별장에 만찬을 차려 놓고 재계의 중요 인물과 노조대표들을 초청해 대화의 시간을 마련했다. 수년간 꾸준히 대화의 정치를 펼쳐 나갔다. 이런 노력으로 재계의 마음을 얻을 수 있었고, 경제 성장의 열매를 모든 국민이 함께 나눌 수 있는 기반을 마련했다.

퇴임 후 그가 기거할 집이 없어 공관 옆에 국민들이 직접 집을 지어주었다.

다시 돌아가 우리나라의 자화상을 찬찬히 들여다보자. 그 바탕에 여러 가지 종류의 갈등이 깔려 있음을 알 수 있다. 이념갈등, 지역갈등, 노사갈등, 빈부갈등, 세대갈등, 성별갈등, 학벌갈등, 종교갈등 등등. 종류도 다양할 뿐만 아니라 골도 깊다.

갈등의 치유는 우리에게 가장 시급한 해결책이다. 보수와 진보, 사용자와 노동자, 기성세대와 청소년, 부자와 빈자, 영남과 호남의 사람들이 서로 무릎을 맞대고 얘기를 해야 한다. 불통의 벽을 깨고 인내와 화해로 소통하므로써 합의를 이루어야 한다. 일부의 이익이 아니라 전체의 이익을 살펴야 한다. 전통적인 미덕인 충성과 의리와 지조와 경쟁을 과감히 벗어버리고, 새로운 질서인 화해와 정의와 타협과 공존공생으로 갈아입어야 한다.

파쟁의 찌꺼기인 진영 논리를 폐기하고 화쟁和諍과 민주주의를 꽃피워야 한다. 그렇게 합의에 도달할 수 있다면 그 다음은 장애될 것이 없다. 선거도 세금도 예산도 임금도 교육도 복지도 국방도 외교도 치안도 언론도 질서도 사법도 모든 것이 쉽게 풀린다.

광화문 평화시위에서 초롱초롱한 눈망울로, 앳된 목소리로 현실의 부조리를 규탄하는 중고생들에게 우리는 대답해주어야 한다. 부조리의 해결을 갈등의 치유에서 시작하자고, 그리고 너희들의 피 속엔 수많은 쓰나미를 뛰어넘어 살아온 우리 민족의 DNA가 이어져 오고 있다는 것을. 그리하여 hell 조선의 오명을 벗어던지고 노력만큼 가질 수 있는 자유 평등 평화의 나라를 만들자고.

인생은 컨베이어 타는 것

　— 자네, 공장에 가봤나? 컨베이어란 게 있지. 그걸 보고 있으면 실려 있는 제품같이 나도 실려 가는 것 같고 우리 인생이 컨베이어를 탄 것 같은 생각이 들어. 나도 모르게 역행하지도 정지하지도 못 한 채 밤이나 낮이나 실려 가다 끝나는 곳에서 내려지는 게 인생 같지 않나?

　— 듣고 보니 그런 것 같기도 하네.

　— 말하다 보니 실존주의자가 된 것 같기도 하네만, 철학이란 던져두고 왠지 좀 쓸쓸해지기도 하는데….

　나도 모르게 처음 컨베이어를 탔을 때, 엄마 젖을 빨고 돌잔치를 하고 말 배우고 걸음마 배우고 그럴 때는 아무 걱정 없이 앞날에 대한 희망으로 가득 찼었지. 글을 배우며 생각을 하고 친구를 사귀면서 희로애락의 맛을 보게 되는데 그때는 그래도 큰 괴로움은 없었지. 아침에는 노을도 보고 노래도 불렀지.

　중학교에 입학하면서 공부란 게 가까이 다가와 괴롭히기 시작하는데 이것이 평생을 괴롭힐 줄이야. 그래도 하나씩 알아 간다는 것은 또 다른 기쁨이었어.

　키가 크면서 불두덩이 거뭇해질 때, 그리움이란 게 다가와서 마음을 싱숭생숭하게 하더라고. 고등학교 때는 여학생이란 이상한 존재를 만나고… 말도 제대로 못 하고… 어쨌든 다음은 대학인데, 컨베이어는 계속 돌아가고 있었지.

— 잘 돌아가고 있네. 그 다음은?

— 인생의 컨베이어는 아주 좋은 기계여서 스스로 고장은 안 나지. 고장 나는 순간이 인생 막장인 걸. 실려 있는 물건이 고장 나더라도 컨베이어는 계속 간다구. 밤과 낮도 없이 휴가도 안식년도 없이 강물같이 유유하게 흐르지. 한 치의 오차도 없는 등속도로 말이야. 그렇게 지나온 뒤를 돌아보면 참 많은 사람들이 만나고 헤어졌네. 앞으로 또 만나게 될지도 모르지만, 다들 헤어지면서도 미련이 남는 것은 왜지? 깊었던 인간관계일수록 해야 할 말이 많이 남는 것 같아. 감정의 침전물이 마음속에 남아 있어. 그것들을 다 털어버려야 하는 건데….

술이 무엇인지 그때는 그렇게 웬수같이 마셨는지 모르겠네. 아마도 인생의 쓴맛이 무엇인지도 모르고 예행연습을 한 것이 아닌지. 또는 불타는 청춘을 어디에 흔적을 남기고 싶었던 것일까?

여자들도 참 좋아했네. 참 예뻐 보이데. 거짓말은 안 했지만 쓸데없는 말 참 많이 떠들었네. 카뮈가 어떻고, 카오스가 어떻고 하면서. 말만 하고 행동을 못 한 내가 안타깝지만, 그때 듣고 있던 여자애들도 그게 불만이었을까?

어느덧 결혼을 하고 아이들이 생기고 가장이 되었지. 쳇바퀴 돌던 직장생활 중에 술에 쩔기도 했지만 아이들은 나의 희망이었어. 휴일날 작은 차에 태워 이리저리 돌아다니던 그때가 지금도 가장 행복했던 인생의 한 장면이었으니까.

컨베이어가 왜 이렇게 빨리 돌지? 30대, 40대가 한 것 없이 휘딱 지나고 직장에서 쫓겨나고 이런저런 일을 하다 덜커덕 큰 병 걸리고 인생 끝나는 줄 알았는데 마귀 같은 마누라가 탈을 벗고 천사가 되어 나를 살려 주데.

— 얘기 끝인가?

— 아니야. 몇 가지 첨언할 것이 있어. 좀 전에 컨베이어가 등속이라 했는데 지금 보니 변속이었어. 처음 탔을 때보다 지금 더 빨리 가거든. 어릴 때는 전차 타고 가다가 지금은 고속철이야. 지나가는 풍경이 금세 바뀌어. 일주일이 하루 같고 한 달이 엊그제 같아. 왜 하이데거가 《존재와 시간》인가에서 시간을 실존적 시각으로 본다면 시계의 시간과 다르게 간다고. 내가 그 철학자의 몰모트가 된 기분이야.

— 주위 사람들은 어떤 모습들이지?

— 누구나 자신의 가치관, 인생관에 따라 행동하겠지만, 이 컨베이어를 탔을 때도 이 컨베이어에서 내릴 때도 맨몸으로 오고 가는데 모두들 무엇 때문에 그렇게 탐욕이 많은지 모르겠어. 그 욕심 때문에 컨베이어에서 뛰어내리는 사람도 많고….

뒤를 돌아보면 저 멀리 아침 동이 트던 곳이 이제는 가물가물하지만, 또 어떻게 보면 손에 잡힐 듯 가까이 있어. 다시 되돌아가 고칠 일이 한두 가지가 아니지만 컨베이어는 후진이 안 되네. 보고도 벙어리 되는 수밖에.

다시 앞으로 돌아서면 어느덧 해는 뉘엿뉘엿 서산에 걸려 있고 하늘은 붉은빛으로 물들고 있네. 자네는 남은 인생을 어떻게 보내고 싶나?

— 글쎄. 노쇠한 정신과 육체로 뭘 할 수 있겠나. 그냥 시간 따라

순리대로 살아야지.

— 아니야. 나는 그렇게 생각지 않아. 이 컨베이어의 끝에서 비상할 것인지, 추락할 것인지, 다른 컨베이어에 옮겨 탈 것인지 아무도 모르지. 시작할 때를 모르듯이. 이 시점이 지금까지의 시간보다 남은 시간이 짧기도 하고 기력도 쇠락하겠지만, 더 긴 시간, 더 의미 있는 시간으로 보낼 수도 있어. 시간이 빨리 가는 것은 멍청하게 시간을 보내기 때문이야. 한 순간 한 순간 곱씹어, 지나치던 사물과 환경에 한 발짝 다가서서 눈여겨보고 오감을 활짝 열어 이 세상의 겉모습을 넘어 내면과 소통을 해 보면 새로운 세상이 보이네! 젊을 때 처음 가 본 해외여행에서 느꼈던 새로운 세상에 대한 놀라움과 경탄이 지금 여기서도 느끼게 된다는 말일세. 처음 글을 익혀서 책을 읽게 될 때, 구구단을 외워서 처음 곱셈 문제를 풀 때의 환희! 그런 것 말이야. 그리고 그러한 경이로움이 관심으로 변하고 또 애정으로 느끼게 될 즈음이면 컨베이어 속도는 점점 늦추어지지. 그렇게 되면 존 웨인이 〈the longest day〉를 경험하듯 우리도 'the longest life'를 갖게 되지 않을까?

— 그래. 자네 말대로 컨베이어가 천천히 가는데. 그리고 그러한 것을 사진이나 글로, 아니면 스케치로 남기는 것도 좋겠어.

— 그것도 좋겠네. 확인을 통한 의식의 활성화! 망각으로 잃을 뻔한 기억의 회생. 그 참 좋네. 그러면 황혼까지 가는데 한참이나 걸리겠네. K가 '성城'을 찾듯이 말이야.

— 그래. Godot를 기다리는 블라디미르같이. 하하하.

— 하하하.

고독

나는 고독을 사랑한다. 무엇보다 고독을 사랑한다. 고독은 나의 세상이기 때문이다. 그곳에는 자유가 있다. 무한 자유가 있다. 나는 그 자유가 너무 좋다. 아무리 껴안아도 모자라기만 하다. 그 자유는 현실을 넘어 있다. 아무리 현실이 훼방해도 털끝 하나 다치지 않고 그대로 있다. 나는 그 자유 속에서 무한하다. 영원하다. 불멸이다.

인간의 삶은 항상 부대낀다. 잠시도 빈틈없이 부대낀다. 이 사람과 헤어지자 말자 다른 사람을 만나야 한다. 헤어진 사람과 하던 말을, 아니면 그전에 만났던 사람과 하던 말을 또 한다. 말을 하면서도 생각이 없다. 말 속에는 내 영혼이 없다. 영혼 대신 있는 것은 사무적인 전달, 습관, 예의, 잠재의식에서 건져온 언어, 남의 말, 위선 따위다. 그래도 시간은 간다. 아침에 눈을 떠서 저녁에 눈을 감을 때까지 부지런히 움직이고 말해 왔지만 일기를 쓰려면 쓸 것이 없다. 초등학교 때 숙제할 때같이. 그때, 내일 있을 일을 오늘 일기에 작문하듯이 우리는 쓸데없이 하루를 소모한다. 부자유 속에서 허상만 키워 간다.

하루를 일곱 모으면 일주일이 되고, 일주일을 네 번 반 모으면 한 달이 되는데, 그 하루처럼 일주일이 가고 그 일주일처럼 한 달이 가 버린다. 아무런 의미 없이 세월만 간다. 주인 없는 삶은 가는 곳도 모르고 정처 없이 떠내려간다.

이럴 때 고독은 쳇바퀴 도는 다람쥐같이 혼이 빠진 채 온종일 바쁜 사람들에게 나는 무어냐, 나는 어디 있느냐, 나는 어디로 가느냐를 자문하게 할 공간을 제공한다.

시간의 노예라는 멍에를 벗기 위해서는 고독을 사랑하라. 진실로 고독을 사랑하기 위해서는 치열하게 고독해야 한다. 고독한 것은 자기를 찾는 길이다. 자기를 찾기 위해서는 자기의 의식을 찾는 일이다. 그 의식으로 자기를 비추고 세상을 비추는 것이다. 그 빛으로 껍질을 벗기고 실체를 보는 것이다. 그 실체인 나, 실체인 너, 실체인 사물, 실체인 현상을 보고, 느끼고, 사랑하고, 감사하는 것이다.

그렇다고 고독하라는 것을 혼자서 살아라는 것은 아니다. 세상은 엄연한 시간 속의 실존이니까 내가 현실에 실존하기 위해서는 숨도 쉬고 말도 하고 움직임도 해야 한다. 가족도 있고 친구도 있고, 모르지만 부대껴야 할 사람도 있어야 한다. 그러면서 그 사람들과 부대끼면서 고독은 마음속에 준비되어 있어야 한다. 그들의 허언에 넘어가기도 하고, 희론戲論에 박수도 치면서, 그것이 진실이 아님을 알고 있으면 된다. 의식이 계명성(啟明星; 새벽녘 동쪽 하늘에 뜨는 밝은 금성)같이 반짝일 때 세상이 잠들어 있어도 진실은 흐트러지지 않고 빛난다.

진실로 고독한 사람은 외롭지 않다. 왜냐하면 외로움은 진정한 고독이 아니기 때문이다. 그래서 고독은 외로움의 반대편에 서 있다. 고독은 외로움더러 넌 왜 그렇게 바보 같냐고 비웃는다. 외로움은 비웃음 속에 할 말이 없다.

고독은 강철같이 강하고 금강석같이 빛난다.

월든 호숫가의 고독이 빛나듯이.

고독만큼 진실한 친구는 없다. 고독은 먼지 하나 때묻지 않은 거울과 같다. 고독은 알라딘의 지니같이 필요할 때는 언제나 나타난다. 그것은 언제나 대화하고 조언해주고 대행해준다. 나에게는 무한한 해결사이다. 오차도 없다. 내가 실수할 때를 제외하고 말이다.

그는 내가 외로움을 느끼지 못하게도 하지만 외로움이 필요할 때는 눈치 빠르게 자리를 비켜주기도 한다. 그러니 어찌 고독을 사랑하지 않을 수 있겠는가.

나는 언제나 어디서나 고독할 수 있다. 비가 오나 눈이 오나 추우나 더우나 밤이나 낮이나 고독은 나를 관습과 무의식에서 건져 준다. 혼자 책을 보다가도 혼자 차를 마시다가도 나는 고독할 수 있다. 친구들과 얘기가 또다시 그렇고 그런 상투적인 말 속에 빠질 때도, 텔레비전 프로가 일상적 루틴에 빠질 때라도, 도심의 군중 속에 묻혀 인파에 휩쓸려 걷고 있을 때라도, 나의 진실 된 삶을 찾아서 진정한 가치를 얻고 싶어서 고독을 부른다. 그러면 고독은 창문을 열고 새파란 창공을 내보이면서 나의 비상을 도와준다. 신선한 자유의 맑은 공기를 심호흡하며 나는 고독과 함께 회오리바람같이 솟아오른다.

내 눈앞에는 민들레가 피어 있고 민들레 꽃잎에 앉아 꿀을 빨고 있는 꿀벌을 개구리가 노리고 있고 개구리 뒤에는 뱀이 혀를 날름거리고 있고 하늘에는 매가 빙빙 돌고 있다. 쇼팽의 녹턴이 아름답게 들린다.

파동과 교감

　우리가 살아가면서 파동의 존재를 의식하는 경우는 거의 없다. 그러나 조금만 관심을 가지면 그것의 영향력에 놀라게 된다. 소리가 음파이다 보니 대화가 파동이요, 음악이 파동이요, 자연의 소리가 파동이다. 빛은 입자와 파동의 양쪽의 성질을 갖고 있다. 우리가 보는 세상이 파동이요, 모든 미술 작품이, 영화가, 자연의 경이가, 아름다운 여성의 미소가 파동 없이는 있을 수 없다.

　파동이 이렇게 우리의 모든 것을 지배하고 있는데도 우리가 잘 느끼지 못하는 것은 공기와 마찬가지로 이미 체화되었기 때문이다. 보너스 받은 것은 기쁘고 고마운 일이지만, 한숨 호흡의 고마움은 잊고 산다. 그 고마움을 안다면 평생 행복하게 살겠지만.

　카오스 이론에 브라질에 있는 나비의 날갯짓이 미국 텍사스에서 토네이도가 된다는 비유가 있다. 카오스 이론이란 게 단순히 파동에 관련된 이론은 아니지만, 이 말에 등장하는 전달방법은 파동이다. 나비 날개의 움직임이 파동으로 전달되어 다른 많은 변수의 하나가 되어 먼 거리 엄청난 에너지의 토네이도란 파동에 영향을 미칠 수 있다는 것이다.

파동이란 보이지도 들리지도 않지만 영향을 끼치고 연쇄작용을 한다.

초등학교 때 소리굽쇠의 실험에서 소리가 공기 외의 다른 전달 물질 없이 옮겨감을 기억한다. 소리를 자세히 느끼면 떨림(진동)이란 것을 알 수 있고 두 개의 진동체가 진동수가 같으면 울림(공명)을 들을 수 있다. 파동 자체는 이렇게 공기를 매체로 옮겨 간다.

웅덩이에 돌멩이를 던지면 저쪽 물가에 물결이 전해지듯이 이 웅덩이가 호수가 되고 바다가 되면 저 멀리 지구 반대쪽에도 갈 수가 있다. 모든 다른 요인이 정지되어 있으면 말이다.

꿈에 나타나는 그리운 사람(진동수가 같은 사람)의 모습도 이러한 울림 현상이 아닐까? 그리움이 간망懇望이 되었을 때, 가슴에 떨림이 생기고 그 떨림은 산과 들과 바다를 건너뛰어 그리운 사람의 가슴에 울림을 일으키는 것은 아닐까?

나는 골절상을 당하고 입원한 다음 날, 어머니에게서 전화가 왔는데, 몸은 괜찮느냐고 하시면서 통곡을 하시는 것이었다. 어머니에게 자식의 골절상의 아픔이 울림을 일으킨 것이었다. 나는 아무 표시도 않고 일부러 밝은 목소리로 받았는데도.

그래, 세상에는 이러한 울림이 편재遍在한다. 그것이 과학적으로 증명이 되든 안 되든 간에, 그것이 파동의 모습이든 아니든 간에, 가슴 저린 이별을 한 사람들에게, 목숨으로 주인을 지키는 개와 인간 사이에 파동은 공명이 되고 교감이 되고 꿈에 나타나기도 할 것이다.

fact는 없다

<라쇼몽>이라고 알려져 있는 일본 소설은 아쿠타가와 류노스케의 1915년 출판된 단편집 《라쇼몽》에 실린 10편 중 <덤불 숲>이란 단편소설을 말하는데, 영화화되어 1951년 베니스국제영화제에서 황금사자상을 수상하여 당시 동양문화에 대한 인식을 바꾸는 데 큰 역할을 한 작품이다.

줄거리는 한 무사가 아내를 데리고 산속을 가다가 산적을 만난다. 산적은 무사를 죽이고 무사의 아내를 강간한다. 감찰사는 산적을 체포하고 무사의 아내를 찾아내어 사건을 추궁한다. 산적과 무사의 아내와 죽은 무사(무녀가 부른 혼령으로 나타남)의 진술을 받는데, 모두가 다르다. 산적은 자기가 죽였다고 하고, 무사의 아내는 자기가 죽였다고 하고, 무사는 스스로 자결하였다고 한다.

소설과 영화는 결론 없이 끝나는데 살인의 주체와 강간의 수용성, 상황 심리가 개인의 관점에 따라 다르게 증언된다.

이 작품은 인간의 주관적 심리와 윤리와의 갈등을 묘사하기도 하지만, 정작 사실(진실)이 인간 의도에 따라 달리 표현될 수도 있으며, fact는 사라져 버린다는 것이다.

현대 회화의 아버지라고 불리는 폴 세잔(1839~1906)은 대상의 본질을 추구하기 위해 고정된 시점視點에서 대상을 재현하기보다 대상의 완벽한 형태와 그것의 재현에 주목했다.

하나의 정물화를 그리기 위해 100번의 작업을 필요로 했고 하나의 초상화를 위해 모델을 150번이나 자리에 앉게 했다. 그는 전통적인 원근법과 명암법을 파괴했다. 다양한 시점의 관찰이 필요했던 것이다.

세잔에 의해 원근법과 명암법이 파괴되자 회화사繪畫史에 엄청난 지각변동이 시작되었다.

세잔을 우상시한 후계자 중의 한 사람은 피카소였고 다른 한 사람은 브라크였다. 피카소는 대상은 면과 면으로 구성된다고 인식하여 형태와 질량을 표현했고 브라크는 풍경을 광물의 결정체처럼 기하학적으로 재현하였다. 이들의 작품이 바로 큐비즘(입체파)의 작품이다.

이처럼 대상을 재현하는 화가들은 대상을 여러 시점, 여러 조건에서 본다. 보는 위치에 따라, 보는 사람에 따라 대상은 달라진다.

본질은 볼수록 다양해지고 마침내 사라진다.

최근에 중국에서는 남송시대의 장군인 악비岳飛에 대한 재평가를 하고 있다고 한다. 중국에서는 관우를 군신軍神으로 악비를 충신의 모델로 곳곳에 사당을 짓고 숭상해왔다. 한족의 입장에서는 여진족(金)의 침공을 막고 나라를 지키다 간신의 모함으로 죽은 악비를 충절의 표상으로 받들었으나 이제 중국이 동북공정을 하고 소수 민족(만주족: 여진족의 후예)을 통합하려는 정책에 따라 그를 충신이 아니라 중국을 분열시킨 분열주의자로 평가절하한다.

포스트모더니즘 이후 역사가 '객관적 사실의 기록'이라는 생각이 더 이상 통용되지 않는다. 에머슨이 "역사는 없다. 오직 자서전만 있을 뿐이다"라고 단언한 것처럼 역사는 하나의 이야기, 그것도 역사가의 관점에서 기술된 이야기일 뿐이다.

역사는 없다. 역사는 마음이 지어내는 이야기일 뿐이다.

밀턴 에릭슨은 과거의 내가 경험하고 행동한 결과로 현재의 내가 형성되는 것이 아니라, 현재 내가 기억하고 있는 것에 의해 나의 과거가 구성된다고 하였다.

조선일보, 한겨레신문, KBS, JTBC 등 우리나라에서도 많은 미디어가 있다. 그런데 매일 보내는 뉴스에는 언론사별로 온도차가 있다. 어떤 뉴스는 전혀 다른 뉴스를 대하는 것 같다. 이뿐만 아니다. '가짜 뉴스'를 포함해서 수많은 뉴스가 세상을 어지럽힌다. '태블릿 pc 뉴스' 한 건이 대통령을 탄핵시키고 세상을 뒤집어 놓았는데 아직도 진위가 명확하지가 않은 것 같다.

미국산 쇠고기의 내용을 왜곡하여 방송한 것이 하릴없이 광화문에 촛불집회를 열게 하여 그 많은 군중이 몇 달 동안 추위에 촛불을 들고 고생을 하게 했던 것을 기억한다. 지금은 미국산 쇠고기가 아무런 비판 없이 수입되고 우리 국민들 잘 먹고 광우병 걸린 사람은 아무도 없다. 바보들! 바람잡이들! 거짓말쟁이들!

fact 없는 뉴스로 고생하는 것은 우리나라만이 아니다. 세계 최선진국인 미국의 아침이 밝으면 미국 대통령과 미국 언론은 삿대질하며 서로의 말이 fact라고 싸움을 시작한다.

대응설이, 합의설이, 정합설이 인정했다 해도 우리의 진술이 사물의 참모습과 일치하지 않을 때 진리는 존재하지 않는다.

유클리드 기하학, 뉴턴의 역학, 상대성원리, 양자역학은 진리가 아니다. 그러한 사실은 그 자체가 변해왔고 앞으로 변해 갈 것이기 때문이다.

평면 지구 위에서 살았던 사람들은 그 세상이, 둥근 지구 위에서 산 사람들은 그 세상이, 광속에서 휘어진 공간에 사는 사람들은 그 공간이, 입자와 파동이 변신하는 세상에 사는 사람은 그 세상이 진리일 뿐이다.

진리는 없다.

추론하는 인지구조를 가진 덕분에 인간은 경험을 하지 않아도 사물에 대한 정보를 얻을 수 있다. 하지만 그 때문에 인간은 사물을 있는 그대로 보기보다는 이미 익숙한 관계구성들에 따라 자동으로 보게 되어 사물에 대한 잘못된 인식을 갖게 된다.

어떤 사실(fact)을 사실대로 받아들이기 위해서는 그것을 받아들여야 하는 바탕이 있어야 하는데 ─ 바탕이 없으면 인지할 수도 없다 ─ 그것이 선입관이다. 선입관이란 우리 사회가 이제까지 쌓아왔고 또 누구나 성장하는 가운데 배워온 지적 전통, 가치관, 이념 따위를 말한다. 사실(fact)은 선입관을 바탕으로 받아들이면 선입관의 영향으로 왜곡된다. 그러므로 사실 자체의 사실(fact)은 있으나 실제로는 알 수 없다.

사실은 인간의 손으로는 닿지 않는 물자체(物自體 : 현상의 궁극적 원인이라고 생각되는 본체)나 이데아(모든 존재와 인식의 근거가 되는 항구적이며 초월적인 실재)의 자리에 있는 것이다.

이와 같이 세상을 명징하게 나누고 구분하고 규정해야 할 그 무엇은 없다. 눈에 보이고 귀에 들리는 모든 것을 자기의 편향된 마음으로 판단하여 나타내는 의견이 진실할 수는 없다.

fact가 상실된 이 세상에서 옳은지 그른지도 알 수 없으면서 불명확한 자기 의견만 옳다고 고집해서는 안 될 것이다. 고집이 센 사람일수록 편향성이 강하다. 나와 다른 남의 의견도 존중하고 인정해 주어야 마땅한 도리다. 목소리 큰 사람이 이기고, 편가르기 잘하고 선동 잘하는 사람이 유리하고, 의견이 다르다고 상대방을 적대시하는 세상이 되어서는 안 되겠다.

'凡'이라는 뜻이 이 세상의 본 모습이고 이 세상을 바라보아야 할 마음의 자세가 아닌가 생각된다.

세상을 凡界로 보는 통찰력이야말로 非凡하다.

또 다른 얼굴

얼굴 아래 또 다른 얼굴이 있다
그 얼굴은 평면이 아니라 입체이다
그 얼굴은 사진이 아니라 동영상이다
그 얼굴은 침묵이 아니라 소리다
얼굴 아래 얼굴이 그렇게 아우성을 쳐도
사람들은 그냥 지나간다
얼굴 위로 그냥 지나간다

일상은 그냥 무덤덤하게 지나갑니다. 지나가는 것도 모르는 채 지나갑니다. 지나가면 아쉬운 것들을 뭉텅이로 두고 지나갑니다.

아쉬운 것들은 자세히 보면 보입니다. 안타깝게도 자세히 보려고 하질 않습니다.

빛보다 더 밝은 빛, 비너스보다 더 아름다운 비너스, 천사가 부르는 노래보다 더 아름다운 노래가 있는데도 말입니다.

그것은 멀리 있지 않습니다. 바로 지금 여기에 있습니다. 얼굴을 스쳐가는 바람 속에, 풍경 소리에, 발아래 들꽃에 얼마든지 있습니다. 표피 밑의 얼굴을 보아달라고 아우성인데 우리들은 일상에 묻힌

미맹美盲이 되어 무심히 지나갑니다.

깨어 있으면,

자세히 보면,

보입니다.

그것이 감성이고 예술입니다. 우리에게 주어진 감성의 영역은 무한합니다. 우리 밖의 감성의 대상도 무한합니다. 이러한 감성의 활동은 경이로움으로 삶을 삶답게 합니다. 인생의 깊이를, 인생의 맛을, 인생의 감동을 가져다줍니다.

뭐가 중헌디?

살다 보면 우리는 알게 모르게 숱한 갈등에 부딪힌다. 그중 하나가 '뭐가 중헌디?'다. 그것은 일상의 지나가는 먼지이기도 하고 인생의 성공과 실패, 천지 차가 나는 세상사의 갈림길이기도 하다.

대학 지망을 이과로 하느냐 문과로 하느냐? 직장 선택을 A사로 하느냐 B사로 하느냐, 아니면 독립하느냐? 결혼을 다른 상대와 했다면? 아마 상상을 넘어서는 결과가 올 것이다.

이런 것을 그냥 무덤덤하게 '인생은 다 그런 거야' 하고 넘어가는 것이 정신 건강에 좋을 수도 있겠지만, 만약 아내와 아들이 물에 빠졌을 때 누구를 먼저 건지겠느냐 하면 결과에 관계없이 그 상처는 평생을 지울 수 없는 트라우마가 될 것이다.

그것이 햄릿의 고뇌이다. 'To be or not to be?' — '뭐가 중헌디?' 삶의 지혜야말로 이 문제의 답을 구하는 데 필요하다.

도요토미 히데요시는 미천한 계급 출신이었다. 그는 오다 노부나가의 시종 역할을 했는데 추운 겨울날 노부나가가 외출할 때 가슴에 품어 두었던 신을 섬돌 위에 가지런히 내놓곤 했다. 직급이 올라 마부 역할을 할 때는 노부나가가 말에 올라탈 때 엎드려 노부나가의 발판이 되었다. 히데요시는 글도 모르고 빈약한 체구였지만 일본 천하를 통일하고 조선을 침략한 장군이 되었는데, 그는 다만 '뭐가 중헌디?'를 잘 알고 충실히 실천했기 때문이다.

'뭐가 중헌디?'는 많은 문학 작품의 주제가 되기도 했는데, 〈이수일과 심순애〉의 "김중배의 다이아몬드가 그렇게 중헌디?"라고 절규하는 이수일의 대사는 신파극의 교범이 되었다.

춘향전에도 춘향이는 절개를 중하게 여겼으나 춘향모는 현실적 권력인 변사또를 더 중하게 여겼다.

심청전에서는 효녀 심청은 본인의 목숨보다 아버지의 개안을 더 중하게 여겼다.

순정, 부귀영화, 절개, 효도, 생명 등 여러 가지 가치가 등장하나 어느 것이 더 중한가가 중한 것이 아니다. 더 중한 것은 '뭐가 중헌디?'란 질문 앞에서 얼마나 숙고하여 진지한 선택을 하느냐에 있다.

제임스 조이스는 《젊은 예술가의 초상》에서 스티븐을 통하여 조국도, 종교도, 가족도 버리고 예술가의 길을 선택한다. 스티븐은 그 소설의 주인공만이 아니라, 바로 우리들의 모습이다. 인생을 걸어가며 우리는 숱한 기로에 선다. 또한 내가 찾아야 할 인생의 궁극적 목표를 찾기 위해 기나긴 고뇌와 방황을 겪는다.

인생을 가장 편하게 사는 방법은 무감각하게, 생각도 없이, 선택의 순간도 모르고, 습관에 젖어서, 남들 따라 그냥 숨 쉬고 살아가는 것이다.

그러나 어느덧 인생의 종착역에 다다르면 불안과 공포를 안고 우왕좌왕하다가 '뭐가 중헌디? 인생에 뭐가 중헌디?' 하며 자기가 살아

왔던 길이 갑자기 후회스러워질지도 모른다.

삶을 의식하는 것은 참 중요하다. 그것의 현실적 질문이 '뭐가 중헌디?'이다. 수많은 갈등 속에서 그나마 몇 가지에 대해서 답을 할 수 있다면 그 자체가 가치이고 의미일 수가 있다. 그것은 무엇을 먹고, 얼마나 큰 집에 사는 것보다 중요하다. '뭐가 중헌디?'를 생각하고 고뇌하는 순간만이 우리가 진실로 살아가는 것이다.

불행을 의식하는 사람은 행복을 의식하지 못하는 사람보다 행복하다.

동일성, 무지의 다른 이름

'세상에는 똑같은 두 장의 나뭇잎은 없다.'

세상 만물이 똑같은 것은 없다는 것은 조금만 생각해보면 알 수 있는 일이다. 같은 사람이라도 모두가 다르다. 서울에 사는 50세의 건강한 한국 남자라 해도 모두 다르다. 쌍둥이라 해도 다르다. 그런데 우리는 그런 구분을 하지 않은 채 서로 사람이란 말을 예사로 하며 생활에 불편함 없이 살아가고 있다.

내가 아는 어떤 사람을 A라고 하고 살펴보자. A는 때때로 달리 보인다. 좋은 일이 있을 때나 슬픈 일이 있을 때, 건강할 때와 아플 때, 업무 중일 때와 술을 마실 때, 결혼 전과 지금 그는 달리 보이고 딴 사람 같기도 하다. 그러면 내가 A를 생각할 때 어떤 모습이 떠오를까? 여러분도 한번 해 보시라. 기억의 상은 명확하지가 않고 테두리가 흐릿한 명함사진같이 떠오른다. 우선은 평균적인 이미지가 떠오르고 언제 어떤 일을 구체적으로 규정해 가면 상도 구체화된다.

20세기 초에 러시아에 세레셉스키란 사람이 있었는데 기억력이 너무 좋아서 본 것을 잊지 못하는 사람이었다. 그는 심지어 얼굴 표정이 달라지거나 조명이 달라지면 다른 얼굴로 인식했고 그것을 모두 기억했다. 우리에겐 한 사람의 얼굴이 그에게는 수십 개의 다른 얼굴이었다. 때문에 그는 어떤 얼굴을 보면 그게 누구 얼굴인지를 아는 데 아주 애를 먹었다고 한다.

이것은 우화가 아니라 심리학자의 연구 결과다. 섬세한 차이를 구별하는 능력이 오히려 생활에 장애가 된다는 사실이다.

세레솁스키는 일반인들보다 능력이 우수하였고 기억 자체도 바른 것이었지만 현실에서 불편한 것은 무엇 때문일까? 사람들은 여러 가지 다른 모습을 합하여 평균으로 본다. 그렇게 하는 것이 생활에 편하기 때문인지 모르겠으나 본인도 모르게 그렇게 행동하는데 그것을 '동일화'라 한다. 사람, 남자, 한국인, 서울 사람 … 이렇게 기억하고 이미지화한다.

동일화가 인간의 생활에 편의성으로 기여함에도 역사적으로 동일화의 남용은 씻을 수 없는 인류의 비극으로 남아있다.

동일성은 하나의 개념 아래 동종의 대상을 모두 규정화시킨다. 차이점을 없애버리는 것이다. 그리고 언어로써 가두어버린다. 언어는 그러한 차이점을 가지치기하고 규정으로 묶어버리는 게슈타포다.

동일성이 인간에 끼친 영향은 한 마디로 선악, 호오好惡, 이해利害로 구분할 수는 없다. 모든 현상이 그렇듯이 양지와 음지 중 하나이거나 양면을 같이 갖고 있다. 동일성은 단결, 균등, 통일의 효과로 효율적 성과를 얻을 수 있으나 개인의 자유를 말살하여 다양성을 질식시킨다.

역사상으로 나타난 동일성의 피해는 막대하다.

우선 모든 전쟁이 애국심이란 동일성으로 뭉쳐진 국가 간의 대립과 길항拮抗이다. 한쪽의 동일성은 상대의 인정을 받지 못하고, 그쪽의 숭고한 애국심은 상대국의 적개심의 표적이 된다. 안중근 의사는 우리의 영웅이지만 일본에서는 테러리스트라 불린다.

전쟁뿐 아니라 중세 유럽의 교회와 마녀사냥, 레닌의 공산주의 혁명, 히틀러의 나치즘, 프랑코, 무솔리니의 파시즘, 일본의 국국주의, 크메르의 킬링필드, 발칸반도와 아르메니아의 인종 청소 등 세상을 동일화의 광기에 수많은 인류를 대량 학살로 몰아넣었다.

이러한 혼란 속에 인류의 양심과 이성이 지켜낸 정신이 민주주의다. 사회도 인간 하나하나가 모여서 만든 집단이므로 개인의 차이를 포용해야 한다. 사회적 합의점도 개인의 의견을 모아야 한다. 그런 의미에서 사회의 소수자나 약자를 무시해서는 안 된다. 장애인, 미혼모, 이주자, 난민, 동성애자에게 같은 권리를 인정해 주어야 한다.

세상의 이치는 알다가도 모를 일이다. 왜 이 세상에는 같은 것이 하나도 없을까? 왜 그 차이를 가만두지 못하고 동일성의 틀 속에 넣어야만 할까? 그것이 생존 방법의 효율 때문이라면 동일성이 가져다주는 엄청난 피해는 어떻게 해결할 것인가?

답은 있다. 동일성의 음모를 양심과 이성으로 깨트려야 한다. 그리고 privacy를 존중하고 민주주의의 원리에 따른 결정과 행동을 하여야 한다.

낱낱의 잎들이 모여 나무를 만들고, 한 그루 한 그루의 나무들이 숲을 만들고, 숲은 산을 만든다.

한 잎에 물든 단풍이 나무를 입히고, 한 그루 단풍 든 나무가 숲을 물들이고, 숲은 산을 가꾼다.

낙엽이 떨어지면 나무가 옷을 벗고, 나무가 옷을 벗으면 숲이 옷을 벗고, 숲이 옷을 벗으면 산도 옷을 벗는다.

4차 산업

클라우스 슈밥의 《제4차 산업혁명》을 읽고서 지금까지 읽었던 책들과는 다른 이질감에서 헤어나려고 애쓴 적이 있다. 빠르게 변화하는 세상에 노화되어가는 나의 두뇌와 몸이 따라가지 못하는 불안감을 떨칠 수가 없었다. 근년도 아닌 바로 2016년에 정의된 4차 산업이 전염병이 창궐하듯이 순식간에 우리 주위를 스며들고 있었다.

클라우드 컴퓨팅, 블록체인, 비트코인, 플랫폼, 합성 생물학, 초연결사회, AI, P2P, 증강 인간, 전자 문신, 3D 프린팅….

한 단어의 이미지를 익히기 힘든데, 이렇게 많은 새로운 말들이 우박같이 쏟아지니, 또한 그것들이 전문용어가 아니라 모두가 공유해야 할 상용문자가 돼 버렸다는 데서 더욱 그렇다. 이미 미디어의 announcement에도 오르락내리락하는데 3D를 이렇게 읽어야 하는데 저렇게 읽었다든지 하는 유치한 논쟁보다는 기실 3D 프린팅이 어떤 것인가를 알고나 하는 말인지.

《제4차 산업혁명》을 읽고 나자마자 지상의 새 영화 소개로 〈공각기동대〉가 나와서 다른 각도에서 조명해보고 싶어 영화관을 찾았다. 내용은 2029년을 배경으로 사이보그를 주인공으로 악인들과의 전쟁을 하는 내용인데 주인공의 정체성 의문으로 영화를 끌고 간다. 사실은 이 영화의 원작이 1995년 제작된 애니메이션의 리메이크 작이므로 20년이 지난 지금의 눈으로도 그렇게 새로운 내용이 아니다. 그러나 2029년의 모습을 보여주는 것과 사이보그의 정체성, 앞으로 인간의 몸이 기계로 대체되고 결국에는 뇌를 제외한 모든 육체가 기계화될 때, 사람인가 아닌가? 영화에서와 같이 두뇌도 해킹하고 정보를 주입하고 원격 모니터링, 원격 감응, 원격 조정한다면 과연 인간인가? 그런 미래의 인간이 강력한 힘과 뛰어난 지적 능력과 정보를 갖는다고 행복한 것인가? 그러나 현실은 그 방향으로 쉬지 않고 달려가고 있다. 인공 지능의 개발, 인간 게놈 프로젝트에 따라 유전자 편집 기술에 의한 증강 인간 생산, 개인 맞춤형 헬스 케어에 의한 불멸의 몸, 이러한 것이 천국이라 생각하는가라는 철학적 문제에 귀착한다.

인공 장기의 대용이 연구를 더해가면 〈공각 기동대〉의 전사처럼 두뇌를 제외한 전체 육체는 자동차 부품 갈아 끼우듯이 신품으로 대체된다.

간경화가 오면 새로운 간으로 갈아 끼우고 당뇨병으로 고생하면 췌장을 교환하고 고혈압이면 심혈관계의 취약 부분을 대체해 주면 된다.

인간의 두뇌도 대체 가능하다. 영화에서와 같이 연결 포트를 통해서 기억을 빼내고(해킹) 다른 기억도 입력시킬 수 있고, 외부에서 조종할 수도 있다.

이미 뇌신경 과학 부문에서는 인간 정신에 대한 많은 부분이 밝혀졌다. 인간의 행복감은 뇌 속의 세로토닌, 도파민, 옥시토신이란 호르몬의 분비에 의해 작용하며 뇌의 특정 부위에 영성을 느낄 수 있는 신점(神點 : god spot)이 있는 것도 발견했다. 약물 치료에 의해 인간은 행복해질 수 있으며, 수십 년 수도 생활 없이 전기 자극에 의해 영성을 체험할 수도 있다는 말이다.

유발 하라리는 《사피엔스》에서 "프랑켄슈타인 신화에 따르면, 지금과 같은 속도로 기술이 발달할 경우, 호모 사피엔스가 완전히 다른 존재로 대체되는 시대가 곧 올 것이다."라며 "불멸을 향한 탐구 — 길가메시 프로젝트 — 를 하는 과학자들에게 왜 유전자를 연구하는지, 왜 뇌를 컴퓨터에 연결하려고 하는지, 왜 컴퓨터 안에 마음을 창조하려고 하는지 물어보라."고 한다.

오늘도 신문을 보면 4차 산업에 대한 뉴스와 관련 기사가 빠지지 않고 있음을 알고 있다.

인공 지능 알파고, 인공지능이 실린 갤럭시 S8, 무인 자동차 주행, K뱅크, 3D 프린팅의 제조업 혁신, 유비쿼터스 아파트 분양….

세계에서 가장 큰 택시 기업인 우버는 소유하고 있는 자동차가 없고, 세계에서 가장 많이 활용되고 있는 미디어인 페이스북은 콘텐츠를 생산하지 않으며, 세계에서 가장 가치 있는 소매업체인 알리바바는 물품 재고가 없으며, 세계에서 가장 큰 숙박 제공 업체인 에어비앤비는 소유한 부동산이 없는 세상에서, 지금이 앞으로 더 큰 해일이 닥쳐올 때 그 대처 방안을 준비해야 하는 시급한 때이다.

한
뉘

봄날은 간다

커피숍에서

　여기저기 시내 구경을 하다가 커피숍에 들렀습니다. 커피 한 잔의 맛에 길들여진 지도 오래 되는군요. 혼술은 안 하지만 혼밥, 혼차는 요즘 젊은이들의 풍속 따라 세련되게 하지요. 맛의 음미, 사유의 자유는 서로 잘 어울리는 짝 같아요.

　커피숍 내부에는 사람들이 많았는데 남아있는 자리라고는 가운데 두세 테이블밖에 없군요. 벌써 창가에는 줄지어 자리들을 채우고 있었는데 혼자서 노트북 펼쳐놓고 제 공부방인양 느긋한 모습은 자주 보는 풍경입니다. 늘 그렇지만 둘러보면 대부분 여자 손님들입니다. 남자란 여자랑 동석한 한두 사람뿐이었고요, 나도 왠지 초대받지 않은 손님 같았지만 이제 이것도 눙친 지 오랩니다. 커피가 나오고 대충 시야가 정리되었으므로 나의 내면으로 들어가 기억을 일으켜 세우고 상상을 불러옵니다. 내 스타일의 선정禪定이지요. 커피의 감미로움은 사유나 공상에 참 잘 어울리는군요.

　불현듯 공상을 깨는 웃음소리에 시청각을 작동시킵니다. 한참 동안 시끄러웠을 주위의 잡담이 더욱 시끄럽게 들리네요. 여자들의 수다는 대단한 에너지입니다. 높은 톤 낮은 톤 섞이어 끊임없이 소음을 생산합니다. 서로 간의 배턴터치도 배구공 띄우듯이 스무드하여 마찰도 빈틈도 없습니다. 음성만으로는 성이 안 차는지 두 손이 가

세합니다. 눈에 당장 들어오는 저 아줌마의 모션은 복싱을 하는 듯하군요. 복싱보다는 태권도에 가깝네요. 아슬아슬하게 좁은 공간에서 곡예를 합니다. 두 손을 펴고 허공을 휘두르다 주먹을 쥐었다 검지만으로 방향을 가리키다 깍지를 끼기도 하군요. 또 어떤 여자분은 차분하게 한 손만 펴서 오케스트라 지휘자같이 상하작용을 하기도 하는군요. 듣고 있는 이들 중에는 이마에 두 손으로 올려서 가르마를 나누어 양옆으로 따라가다 뒤통수에서 머리꼬리를 모으기도 합니다. 또 어떤 이는 한쪽 손가락으로 살쩍을 뱅글뱅글 감아 돌리기도 합니다.

관찰한 바에 의하면 3/4 정도가 손을 가만두지 못하는군요. 여자들의 수다 현장에서 그들의 표정을 빠뜨릴 수가 없지요. 기회가 되면 여러분도 봐 보세요. 정말 배우 소질 없는 여자들이 없습니다. 바투 앉아 심각하게 경청하는 것은 기본이고 고개를 끄덕이며 공감하다가 미간을 찌푸리고 세모눈을 만들었다가 눈썹을 역팔자로 곤두세우고 비분강개하기도 합니다. 그것뿐입니까. 갑자기 폭소로 급변하기도 하는데 어떤 아줌마는 도가 지나쳐 옆 사람을 마구 때리기도 하더라구요. 싸움이 일어날 것 같지만 그런 분위기에는 문제가 되지 않나 봅니다. 판소리하는 창자唱者가 여기 와서 도섭을 떨더라도 별 빛을 못 볼 것 같네요. 대개는 웃을 때 한 손으로 입을 가리지만 어떤 분은 박장대소하느라 막을 손이 모자랄 때도 있지요.

잉그리드 버그만도 있고 비비안 리도 있고 엄앵란도 있답니다. 영화감독 하시는 분들이 오디션 필요 없이 이런 곳에서 선발하면 어떨지요. 여자들의 얼굴 생김새도 볼 만합니다. 이런 데서는 여자들의 미모나 성적인 매력보다 삶의 흔적에 관심이 가는데요, 남자보다 여자의 경우에 얼굴에 나타나는 삶의 흔적이 선명합니다. 스크린에서 사라졌던 배우가 어느 날 TV에 나타났을 때 어떤 분은 옛날 모습이 간데없이 세월의 흐름을 가득 담은 경우도 있고 어떤 배우는 나이에 걸맞지 않게 성숙한 아름다움을 더해가는 경우도 봅니다. 여자의 얼굴은 화장과 성형이 카무플라주하지만 그래도 근본은 감출 수 없습니다.

개인적으로는 성형수술은 동의하지 않는데요 얼굴에 삶의 흔적이 남는 것이 어떤가요. 어려웠던 삶이건 자랑스러웠던 삶이건 모든 것은 평등한 자격이지요. 어떤 것이든 누구에게나 소중한 발자취이므로 그 발자취를 고치면 안 된다고 생각합니다. 더 빨리 늙었으면 늙은 대로 부끄러운 과거는 부끄러운 대로 힘들었던 삶은 힘든 대로 내 얼굴은 내 인생의 자취 그대로다, 이렇게 받아들이는 것이 맞지 않나요? 고쳐 쓴 일기는 일기가 아니지요. 고쳐 쓰다 보니 더 엉망이 된, 값이 바래버린 일기가 되어서는 안 되겠지요.

그뿐만 아니지요. 얼굴에는 지성도 품격도 삶의 완성도도 담겨 있지요. 그래서 어떤 여자분은 참 곱게 나이 드신 분들이 있지요. 엷은 화장에 삶의 순탄함을 담고 주름살에는 포용심을 안고 항상 미소가 얼굴에서 떠나지 않으며 말할 때는 우선 상대에게 귀를 기울이고 손동작은 아끼며 말투도 조용히 천천히 하며 품위를 지키시는 분, 그런 분은 언제나 광채가 나지요. 연륜이 든 여자의 미모는 인위적 미화보다는 내면적 인성의 도야가 지배한다고 봅니다.

감정을 느낄 때 뇌 속의 산소소모량을 찍은 사진을 보면 여자들이 남자들보다 훨씬 넓게 나타난다고 해요. 기쁠 때나 슬플 때나 남자와 여자는 생리적으로 차이가 많이 나타나는데, 이런 자료에도 보듯이 여자가 감수성이 커서 그만큼 삶 속에서도 남자보다 더 깊게 세상을 지각하고 산다고 볼 수 있지요. 사소한 것에도 많이 느끼고 더 예민하게 반응하며 같은 일에도 더 슬프고 더 기뻐합니다. 남자보다도요. 남자들은 여자들이 수다스럽다, 가볍다, 히스테리가 많다고 하지만 여자들은 본태적으로 그런 민감한 체질을 갖고 태어났고 남자보다 훨씬 인생을 진하게, 더 많고 깊은 경험을 안고 산다고 할 수 있지요. 눈치 없는 남자들은 그것도 모르고 여자의 속마음도 못 읽고 그들의 세상 기준으로 재단하지요. 어쩌면 품위 있는 여자의 모습도 남자의 잣대에서 하는 말이 아닌지 모르겠네요. 그런 태생적 열등의식이 여자들에 대한 남성우위의 의식을 갖게 한 건 아닐까요?

어, 커피 잔이 비었군요.

행복

행복이 무엇인가를 논하기 전에 몇 가지 말의 뜻을 살펴볼 필요가 있다. 욕망과 만족과 행복이다.

욕망이란 무엇인가?

매슬로우는 인간의 욕구를 5단계로 설정하였다. 제일 기본은 생리적 욕구로 의식주 등의 기본적 욕구이고 이것이 충족되면 안전의 욕구로 생명의 보전을 살피게 되고 세 번째는 종족보존을 위한 사랑, 가족애, 휴머니즘이며, 네 번째는 존경을 받고 싶은 존경의 욕구 즉 명예욕이며 최상위의 욕구는 꿈의 실현 즉 자아실현의 욕구로 분류하였다.

이런 욕망은 살아가는데 큰 도움을 준다. 청소년 시절 꿈과 야망을 가지라고 여러 번을 듣고 자란다. 삶이란 아무 노력도 없이 살아지는 게 아니다. 원시인들의 삶이나 자연 속의 적자생존의 현상을 들여다보면 생존하기 위해서 경쟁자들을 이겨야 하고 목숨을 건 투쟁을 하는데 그렇게 하는 동기가 욕망이다.

만족이란 무엇인가?

만족이란 욕망했던 것이 이루어졌을 때 느껴지는 마음 상태다. 행복의 초기 단계라 할 수 있다.

지족至足이면 지복至福이다.

행복이란 무엇인가?

그것은 간단하게 행복지수로 표시할 수 있다.

행복지수 = 현실치 / 기대치 < 1 이면 불행,

현실치 / 기대치 > 1 이면 행복이다.

행복하기 위해서는 현실치를 높이고 기대치를 낮추면 된다. 문제는 현실치가 기대치에 도달하면 기대치가 다시 커지게 마련이다. 행복은 손에 잡혔다가 저 멀리 달아나는 것이다.

전세집에 살다가 아파트에 내 집을 마련했을 때는 잠이 오지 않을 정도로 기쁘다. 차츰 더 큰 평수의 아파트가 보이고 불만이 생긴다. 더 큰 평수로 옮겼을 때 기뻤다가 또 더 큰 아파트가 보이고 또 불행해진다.

현실치가 커지면 사람들은 성공했다고 한다. 그러나 성공한 사람은 계속해서 기대치가 커져 가기 때문에 늘 배고픈 아귀같이 성공 속에서도 항상 행복에 굶주린다.

행복지수의 공식을 보면 행복해질 수 있는 길이 보인다. 현실치에 목을 매지 말고 기대치를 낮추면 된다. 기대치를 낮추는 방법은 쉬울 수도 어려울 수도 있으나 정신적 수양을 필요로 한다. 마음속의 허영심, 자랑, 교만, 위선, 체면, 가식, 자존심 등 인간생활에서 생길 수 있는 헛된 가치관에서 벗어나서 이성적이고 합리적인 가치관을 가지면 된다. 거기다 욕심의 뿌리까지 뽑으면 금상첨화다.

예를 들어 차를 구입한다고 하자. 4인 가족 기준이라하면 국산 소형차면 된다. 시내 교통은 대중교통이 더 편리하다. 단거리 이동은 보행으로 충분하고 운동도 된다. 만약 가족 중 서로가 다른 방향의 먼 거리 직장이 있으면 구입 대수를 늘리면 된다. 소득에 따라 판단할 수도 있으나 구태여 대형차, 수입차 등은 행복지수를 높이는 것이 아니라 낮추는 것이다.

먹는 것, 의복, 집, 술, 여행, 운동 등도 마찬가지다.

이렇게 생활의 허세를 빼면 행복지수는 얼마든지 올라간다. 수양된 사람의 표정이 평화롭고 온화한 것은 이렇게 행복지수를 올렸기 때문이다.

NEF가 국가별 행복지수를 조사했는데 응답 국인 중에서 97%가 행복하다고 답변한 부탄이 행복지수 1위를 차지했다. 부탄 국민들은 일인당 국민 소득이 2천 불이 채 되지 않는 빈국인데도 7만 불이 넘는 선진국의 사람들보다 더 행복지수가 높다. 정신병자 수도, 자살율도, 범죄율도 더 낮다. 그들의 얼굴 표정은 고소득 국가의 국민들의 표정보다 더 밝다. 그들은 소득만으로 인생을 재거나 비교하지 않고 만족하는 방법을 알기 때문이다. 그들은 욕망에 살지 않고 삶의 가치를 행복에 두기 때문이다.

지난날의 얘기다. 젊은 시절 회사원으로 일할 때 점심시간이면 간혹 다니는 대로변에 있던 교회에서 큰 걸개그림을 건물 한편에 걸어놓은 것을 보았는데 온몸이 불편한 장애인이 구걸하는 모습이었다.

그림의 한 편에 쓰인 글귀가 "하느님, 저에게 이렇게 구걸할 수 있는 힘을 남겨 주셔서 감사합니다."라고 씌어 있었다. 전후담은 알지 못하지만 그 그림의 주인공은 정말 행복할 것 같았다.

《꾸뻬 씨의 행복 여행》이란 책을 보면 몇 가지 행복에 대해서 조언을 하는데, 사람들이 행복이라 여기는 것들이 지속되지 않기도 하고 마음이 변해 덜 좋아질 수도 있다는 것이다.

또 이런 말도 있다. "진정한 행복은 먼 훗날 달성되는 목표가 아니라 지금 이 순간 존재하는 것입니다."

마지막으로는 근원적 행복으로 다른 사람들과 함께하는 행복 — 우정, 사랑, 나눔 — 으로 맺는다.

행복이란 그렇게 화려하고 접근하기조차 힘든 대단한 것이 아니라 내면에 있다. 자기 마음을 정화하고 스스로 탐욕을 비우면 그 자리에 행복이 들어온다. 행복은 "감사합니다." 하는 말 앞에 항상 있다.

어느 종교나 지향하는 방향은 그런 면에서 같다.

우리 엄마 목소리

　어제 조카 결혼식에 갔다. 부산에 사는 두 동생은 어머니를 모시고 왔다. 구순을 앞둔 노인네가 손주 장가드는 게 반가운지, 자주 보지 못하는 서울 아들 식구들이 보고 싶은지 장거리 여행을 마다하지 않고 오셨다. 백발머리에 얼굴은 더 작아지신 것 같다. 그래도 연신 아들, 며느리가 반가운지 손을 잡고 얘기를 그치지 않는다.

　목소리가 까랑까랑하다. 맑고 톤이 높아 아주 젊게 들린다. 전화기로 늘 듣던 목소리지만 얼굴을 맞대고 들으니 또 새롭게 들린다. 평생을 고생하며 사시고도 원망이나 좌절 한 번 하지 않으시고 사셔서 그런지 얼굴도 뽀얗고 목소리도 맑다.

　칠순 아들은 엄마 앞에 어린아이가 된다.

　　우리 엄마 목소리는 꾀꼬리 소리
　　이마에는 지렁이 세 마리
　　머리에는 하이얀 서리
　　평생토록 못 부른 노래
　　목소리에 스미었나
　　꾀꼬리 소리 목소리
　　엄마 목소리

우리 엄마 목소리는 꾀꼬리 소리
전화기 너머 목소리는
맑은 날 기상통보
칠순 아들 가는귀먹어도
인쇄소 활자 같은
꾀꼬리 소리 목소리
엄마 목소리

영원히 머물고픈 소중한 기억

한 달 전쯤 신문지상에 나 있던 영화 평론을 읽고 나서 이 영화는 꼭 봐야겠다는 욕심이 마음 한구석에 자리 잡고 있었다. 날씨도 춥고 이런저런 핑계로 개봉관에서의 상영 기일을 놓쳐 버렸다. 포기하고 한 달을 보내다가 우연히 예술 영화관 상영 프로에 올라있는 것을 보게 되었다. 마지막 기회다 싶어 평소 같으면 엄두도 못 낼 왕복 3시간을 투자하여 기어코 머릿속에 담은 영화가 고레에다 히로가즈 감독의 〈원더풀 라이프〉이다. 1998년 일본 작이다. 20년이 지난 영화로 한국에서도 종전에 상영된 바 있는 흘러간 옛 영화이다. 그런데 제목만큼 원더풀이다.

줄거리는 이렇다.

사람이 죽고 저세상으로 가기 전의 휴게소 림보. 이곳에서 일주일의 시간이 주어지고 자기 인생에서 가장 행복한 순간을 한 가지만 선택하여 그 장면의 행복을 안고 저세상으로 가는데 나머지 기억은 모두 지워진다.

모치츠키는 22세 때 태평양 전쟁에 징용되어 전사한 사람인데 행복했던 기억을 찾지 못해 저세상으로 가지 못하고 50년 동안 림보에 남아서 카운셀러로 봉사하고 있다. 그는 피상담자 중의 한 사람과 상담 중에 그가 모치츠키의 징용 전 약혼자를 아내로 평생 데리고 산 남자임을 알게 된다. 약혼녀의 이름은 교코. 교코는 결혼을 하고 나서도 약혼자 모치츠키를 잊지 못한다. 이 사실을 안 모치츠키는 '나도 누군가의 행복의 일부분이었다.'는 생각을 행복으로 하여 저세상으로 떠난다. 극적 효과를 위하여 림보의 동료인 시오리가 모치츠키에 대한 짝사랑이 선택되지 못한 것을 알고 "잊혀지는 사람이 되고 싶지 않아요."란 말을 남긴다.

22명의 망자들이 자신의 인생에서 가장 행복한 순간으로 선택한 장면이란 게 의외로 사소한 순간들이다.

관동대지진 때 대나무 숲에서 그네 타며 놀다가 엄마가 만들어 준 주먹밥을 먹던 때의 기억, 중학교 때 통학 전차에서 차창 밖으로 경치를 쳐다보며 시원한 바람을 쐬던 일, 첫 조종을 한 4인승 세스나기에서 하얗게 빛나던 구름을 보았을 때, 귀를 파 주는 엄마의 무릎에 누워 느끼던 엄마의 체온과 체취, 오빠와 오빠의 친구들 앞에서 빨간 구두, 빨간 원피스를 입고 빨간 치킨라이스를 먹고 싶어 춤을 추던 추억, 아내와 덤덤한 인생을 살다가 40년 만에 영화 보러 갔던 것 등.

이렇듯 사람들이 '행복했던, 혹은 소중한 추억'으로 꼽은 기억들은 대부분 사소한 것들이다. 이를 통해 영화는 '행복'이란 무엇인지 우리들에게 되물어 온다. 결국 행복이란 대단한 것이 아니라 지금 이 자리에서 발견할 수 있는 것. 그러기에 우리가 쉽게 놓치고 마는 것이 아닐까.

인생의 소중한 순간을 찾아 헤매던 모치츠키가 교코를 통하여 '나도 누군가의 행복의 일부분'임을 자각하고 그것을 행복의 순간으로 선택한다.

'누군가의 행복의 일부분'이란 이타적 행복이다. 그가 행복하였으므로 나도 행복하다란 말인데, 어머니의 사랑, 할아버지의 손주 사랑, 딸 바보 아빠의 사랑, 희생적인 남녀의 사랑 등에서 사랑의 숭고성을 느낀다. 심지어 플레이보이의 육욕도 상대의 오르가즘을 확인함으로써 쾌감을 느낀다고 한다. 그래서 사랑은 주는 것이라고 말한다. 이기적인 행복은 진정한 행복이 아니다.

기억은 과거의 존재를 확인하는 것이므로 기억이 없으면 과거는 없다. 현재는 순간이므로 완전한 존재로 볼 수 없다. 미래라는 것도 이루어지지 않은 불명확한 것으로 존재라고 할 수 없다. 과거란 기억하지 못하면 없는 것이기 때문에 결국 인간의 삶은 오늘이란 순간과 기억밖에 존재하지 않는다. 치매가 불행한 병이라는 것은 기억을 상실하는 것, 삶을 통째로 상실하는 것이기 때문이다.

내가 누군가의 행복의 일부분이란 게 나의 행복이더라도 그것을 인식할 수 있어야 한다. 그래서 시오리도 모치츠키에게 잊혀지기 싫다고 말한 것이다.

비슷한 일본 소설에 기타가와 에리코의 《뷰티풀 라이프》가 있다. TV 드라마로도 제작되어 일본 방송 사상 최고의 시청률을 기록한 소설이다.

시놉시스는 이렇다. 미용실의 인기 헤어드레서인 남자와 휠체어를 타고 생활하는 도서관 사서와의 연애담인데 그렇고 그런 과정을 거치고 여자는 앓고 있던 병으로 죽는다. 그 후 남자는 여자에게 약속했던 해변가 작은 마을에서의 미용실을 연다. 그 여자 이름도 교코다. 원더풀 라이프의 주인공의 약혼자의 이름과 동명이다.

서로의 인생을 원더풀 라이프의 기준으로 비교해 본다. 원더풀 교코는 애인이 죽고 뷰티풀 교코는 본인이 죽음으로써 이별이 되고, 원더풀 교코는 1940년대의 전시 상황이고 뷰티풀 교코는 현대 도쿄 배경이다. 이런 이질점에도 불구하고 인생의 가장 소중한 장면은 이성 간의 그리움이었으며 더구나 누군가의 행복의 일부분이 되었음에는, 일부분이 아니라 전부라 해도 될 만한 점에서 네 사람의 행복은 일치한다. 다른 시대, 다른 장소, 다른 작가에 의해 인생의 소중한 순간에 대한 같은 답은 무엇을 의미하는 것일까?

"당신에겐 있나요? 영원히 머물고픈 소중한 기억."

사소한 것의 경이

30년을 소나무를 찍어온 사진작가 배병우는 소나무에 대해 이렇게 말했다.

"나뭇잎 부딪히는 작은 소리가 납니다. 새벽에 속삭이는 것과, 햇빛이 쩅쩅 날 때 말을 건네는 것과, 해가 어스름 질 때 날 부르는 소리가 다릅니다."

SONY의 창업주는 뉴욕의 높은 마천루 사이를 걸어갈 때 건물과 건물 사이에서 일어나는 바람 소리를 들으며 자신의 회사 이름을 'Sound of New York'의 이니셜을 따서 'SONY'라고 지었다고 한다.

세상을 본다는 것은 보이는 것을 본다고 할 수도 있고, 보아야 본다는 것일 수도 있다. 시력이 좋으면 많이, 자세히 볼 것 같지만, 그렇지 않다. 세상 만물이 눈에 다 들어온다고 제대로 보는 것은 아니다.

'보다'를 한자로 쓰면 볼 '視'와 볼 '觀'이 있다. '視'는 생리적, 물리적이고, '觀'은 추상적, 정신적이다. '視'는 단지 형상의 분별 후 지워져 버리나, '觀'은 대상을 관통하여 미를 직관하고 세상의 이치를 통찰한다.

깊은 숲속을 걷다가 거기에 난 풀 한 포기, 돌멩이 하나를 본다.

사람들에 외면당한 채 외진 데 있다 해서 세상으로부터 멀어진 것은 아니다. 단지, 나에게서, 우리에게서 떨어져 있지만, 여기서도 햇빛도 비추고, 비도 내리고, 지나가는 짐승들과의 접촉도 있고, 바람과 나무들의 속삭임도 듣는다. 인간이 없는 곳이라 하여 세상 이치에 예외는 없다. 뉴턴의 역학이나, 라부아지에의 '질량보존의 법칙'이나, 다윈의 '진화론'도 한 치의 오차 없이 작용한다. 이들에게도 수천 년, 수만 년, 아니 지구의 역사와 함께 하는 생명이 있다. 이 세상의 어떤 사소한 것도 이 시간에 이곳에 있는 당위성이 있고 주위의 사물들과 현상들에 영향을 주고받고 있으며 그러한 존재감은 소리 없는 움직임, 움직임 없는 침묵 속에 나타나고 있다. 여기 돌멩이 하나가 이유도 없이 없어지면 세상의 질서가 흔들리고 우주가 무너져버릴지도 모른다.

매미의 변태의 순간을 주시한 적이 있는가. 번데기 등 쪽의 껍질을 찢고 안간힘을 쓰면서 머리를 내밀고 온몸을 빠져나오려는 움직임, 몸을 빼고 한참이나 햇빛과 바람 속에 날개가 마를 때까지 처음으로 공기의 냄새를 맡으며 따뜻함과 차가움, 부드러움과 거칢을 고통 속에 환희하며 받아들이는 매미를 본 적이 있는가. 그리고 마침내 창공을 향해 비상하는 그 연약한 곤충의 놀라운 변화에 경외를 느껴본 적이 있는가.

해는 산 넘어 사라지고 남은 빛이 가까스로 구름에 남긴 핏자국 같은 붉은 노을을 보며 陰翳(음예 : 구름이 끼거나 해가 져서 어두워짐)가 서서히 차오르면 온몸의 감수성이 일어나 소름이 돋는 경험을 해보았는가. 빛과 어둠의 경계선에서 짧은 시간 속에 세상이 사라져 버리는, 그리고는 중력이 없어지는 듯한 경험을 한 적이 있는가.

이 세상에는 사소하나 값진 모든 것이 있다. 어떤 것은 빛으로 어떤 것은 소리로 어떤 것은 냄새로 존재를 알린다. 그것은 아름다운 세상의 제스처요, 눈짓이요, 유혹이다. 그것은 관계하려고, 사랑하려고, 일체임을 내보이려고 문을 연다. 그것에는 자연의 신비도 있고, 그 신비에 대한 대답도 있다. 경탄과 환희는 낙원임을 알려준다. 지금 여기가 낙원임을. 죽어서 가는 낙원은 없다.

NASA에 근무하는 K가 생뚱맞게 거두절미하고 'Life is beautiful' 이란 단신을 보내왔다. 나는 지금까지 얘기한 'World is beautiful' 로 해석한다. Life는 주관적 입장에서 보는 것이요, World는 객관적 입장에서 보는 것이다. 같은 말이다.

사소한 것을 경이롭게 볼 수 있다면, 소나무 숲에서 솔잎들의 속삭임을 들을 수 있다면, 빌딩 숲을 지나가며 빌딩 사이를 훑어가는 바람 소리를 들을 수 있다면, 곤충의 변태를 인내심 있게 주시할 수 있다면, 해 질 무렵 빛이 어둠 속에 침윤되어가는 모습을 본다면, 그리고 곧이어 별이 새로운 빛을 내며 하나둘 등장하는 하늘을 보면, 눈물겨운 감동을 받고 그 경이가 외경畏敬으로 가슴 차오를 때, 세상은 아름다운 것이고 나는 행복해진다.

웃는 소

나이가 들어가면서 친구란 없어서는 안 될 소중한 존재로 여겨진다. 나이가 들면서 현실에 묶여있던 차꼬가 풀리고 두뇌를 괴롭히던 사회생활의 복잡성에서 해방됨으로써 갑작스럽게 주변이 단순해지며 횅해진다. 한편으로는 자유로움이, 또 다른 한편으로는 외로움이 자신을 둘러싼다. 외로움의 무게 즉 주변의 공허함이 다가올 때가 친구에 대한 간절함이 늘어날 때다.

그래서 나이가 들면 그동안 관심 밖에 있던 친구의 다가오는 손길도 느끼고 새로운 친구가 생기기도 한다. 친구를 생각하게 될 때, 내 주위의 친구들 중에 생각나는 친구가 K다.

K는 내 주위에 있고 잊을 만하면 만난다. 아주 친한 표시를 할 때도 있고 무덤덤하게 대할 때도 있다. 무덤덤은 사실 무덤덤이 아니다. 그 친구를 만나면 소리 없이 근육도 긴장하고 눈에도 힘이 들어가고 입도 임전 태세를 취한다.

오래 전 얘기다. 우리가 결혼도 하고 사회인으로 바쁘게 움직일 때이다. 나는 무역 업무 관계로 서울역 앞 대우 빌딩에 있는 B은행에 갈 일이 있었다. 나는 그때 그 건물에 처음 발을 디뎠고 그 넓은 로비를 두리번거리다 높은 층에 있는 은행을 찾아 엘리베이터를 탔다. 그 빌딩의 엘리베이터는 유난히 넓었다. 들어서는데 아마 열댓

명이 들어찼을 게다. 엘리베이터가 움직이자 **빽빽한** 공간에 어울리
지 않은 고성이 터져 나왔다.

"야 이 시발놈아, 여긴 왜 왔어?"

동반 승차한 손님들이 순식간에 그 친구의 고성 따라 나에게로
눈길이 쏠렸고, 그 말이 나와 관련된 말이라는 것과 분위기를 깨트
리는 상말이란 것과 어딘가 들어 본 듯한 말투라는 것을 동시에 느
끼고 계속해서 쏟아지는 상말을 향해 고개를 돌렸더니, K가 정색을
하며 — 그가 욕을 할 때 가지는 표정이다 — 나를 꼬나보며 무차별
쏘아대고 있었다. 나는 정신을 차리고 낮은 목소리로 10여 년 만에
만난 그 친구에게 반가움을 나타냈다.

K는 그렇게 욕을 자주 한다. 자주 한다기보다는 욕이 입에 붙어
있다. 나도 언쟁에서 지는 것을 싫어하는 성질이라 수십 년이 지난
뒤 그와 같이 만날 날이 잦아졌을 때 K에게서 일방적인 욕만 듣다
가 나도 욕을 배우기 시작했다. 주로 대상은 K였다. 장강의 후랑이
전랑을 앞지르도록, 쪽에서 난 쪽빛이 쪽보다 더 푸르도록 욕 장수
의 칼을 갈았다. 내 입가에도 욕이 걸리기 시작했다. 어느 날부터
둘이서 만나면 만나자마자 쌈닭같이 욕을 해댔다. 용호상박이었고
구경꾼도 많았다. 그러나 어느 날 내 입가에 욕이 떨어져 나갔는데,
아무리 욕 쌈에서 내가 이기더라도 나는 스승의 전범典範을 넘어설
수 없다는 사실을 알았다. 그것은 K의 욕 말 속에는 쌍시옷 대신에
시옷을, 피읖 대신에 비읍을 써서 말들을 순화시켰고 금도의 예를
지켜 정도가 넘는 욕을 사용하지 않는다는 것을 안 것이었다. 참으

로 K는 욕의 달인이었다. 상대에게 상처를 주지 않으면서 제압하는 무서운 고수였다. 베토벤을 악성이라 하고 이태백을 주성이라 하면 K를 욕성辱聖이라 해도 무난하리라.

그의 활동은 장소와 대상을 가리지 않았는데, 예를 들어 사무실 여직원이 '사장님, 어떻게 할까요?' 하고 물어 왔을 때, '니 꼴리는 대로 해라'고 했단다. 그 뒤 그 여직원에게서 제 꼴리는 대로 했는지는 모르나 좋은 결과가 나왔다고 하니 그 여직원도 사장의 유머를 잘 소화하고 있었음이 틀림없다.

K는 어떤 의미에서는 언어의 마술사이기도 했던 것이 증오하는 감정을 실어 나르는 욕을 유머로 변모시켰기 때문이다. 금속공학을 전공해서 그런지 연금술사의 기술로 언어를 조작할 줄 알았다. 그래서 그의 주위는 늘 웃음이 있다. K의 말의 반은 욕이기 때문이다. 그래서 그를 아는 대부분의 사람들은 그를 좋아한다. 좋아하면서 그를 밉다고 말한다. K 앞에서 K를 좋다고 말할 수 없게 되어 있는 것이 그런 분위기 때문이다.

"니는 내가 그렇게 밉나?"

K는 그런 질문을 많이 할 수밖에 없었는데,

"그래, 니가 밉다. 이 세상에 니가 안 밉은 사람 어데 있노?"

라고 하면 그 말에 K는 씨익 하고 웃는다.

어쨌든 K는 이 각박한 세상에 보석과 같은 존재다.

언젠가 K는 지신의 호를 '현덕'이라고 지었다고 떠들어댔다. 나는 못마땅했다. 도저히 그를 유비로 인정할 수 없었다. 아무리 욕으로 반어법을 완성했다 해도 축황제는 그의 존재를 너무 격상한 것이었다. 나의 끈질긴 비난 때문인지 호를 '우소牛笑'로 바꾸었다. 글자대로라면 '소가 웃는다'란 뜻이겠지만 나는 '웃는 소笑牛'로 부르기로 했다. 牛笑일 때의 웃음은 비웃음으로 들리나 笑牛일 때의 웃음은 푸근한 정겨움이 담겨 있다. 웃는 소가 그의 얼굴이기 때문이다. (K는 소띠이기도 하다.) 웃는 소! 실제로 웃는 소가 있으랴마는 우리의 상상 속에 얼마든지 웃는 소가 있다. K는 영락없이 '웃는 소'이고, 우리는 빠짐없이 웃는 소를 상상하며 같이 웃는다.

한식의 유래와 미래

　매일 상식常食하는 것이 밥이기 때문에 등잔 밑이 어둡다고 우리의 한식이 어떤 것인지 잘 모르고 있다. 그러나 요즈음 음식의 세계화로 중식, 일식을 넘어 세계의 음식을 주위에서 맛볼 수 있게 되어 한식이 세계의 음식에 비해 유난히 다르다는 느낌을 갖게 된다.

　이 글은 순전히 근거 없는 나의 추론에 불과한 것이므로 가볍게 받아들이기 바란다. 그러나 생각해보면 우리의 먹거리가 수 천 년을 한반도에서 진화하면서 그 속에는 우리 민족의 생활과 역사, 눈물과 생존 의지가 겹겹이 쌓여 있음을 알게 될 것이다.

　우리 조상들은 지지리도 못 산 것 같다(우리나라뿐만 아니라 선진국의 역사에도 마찬가지이지만 현재와 비교해서 하는 말이다). 구한말의 사진들을 보아서 알겠지만, 그 당시 우리나라에 온 선교사의 기록에는 온 길바닥이 똥으로 가득하였고 개들이 그것들을 먹어 치웠다고 한다. (그래서 똥개란 말이 생겼다.) 그들은 지방을 다니면서 조선에는 축산업이 이렇게 발달하였냐고 놀랐다가 그들이 본 것이 축사가 아니라 사람들이 사는 집인 줄 알고 또 놀랐다고 한다.

　그렇게 살아온 우리 민족은 배부르고 등 따신 최소한의 인간생활이 이상이었고, 흰 쌀밥에 고깃국이 꿈에 그리는 행복이었다. 음식의 영양분석이나, 맛이나, 식생활의 예의는 양반들의 범주였고, 일반 서민들에게는 기아를 면하는 것이 발등의 불이었다. 봄이면 봄마다 다가오는 보릿고개의 걱정에 비워져가는 쌀독을 들여다보며 속을 태웠고, 그 틈새에 봄에 식량을 빌려주고 가을에 고리로 갚게 하는 지주들의 비행도 성행했다.

그러한 환경에서 서민들의 애환 속에 발전한 게 한식이 아니었나 추측해 본다. 그런데서 한식은 질보다 양으로 발전할 수밖에 없었고 부족분을 채우기 위해서는 먹을 수 있는 식자재의 광범위한 개발이 뒤따랐다. 한식 진화의 요인은 기아의 해결이 첫째였다. 중국 음식은 맛으로 먹고 일본 음식은 색깔로 먹고 우리 음식은 배부름으로 먹었다는 말도 들린다.

우리 밥상에서 큰 자리를 차지하는 것은 밥과 국이다. 국은 유난히 양이 많았다. (생활의 발전에 따라 반찬의 양과 질이 개선되면서 지금은 밥과 국의 양이 많이 줄었다.) 외국의 국물 음식을 보면 서양의 soup은 접시 바닥에 붙어 있고 농도도 짙다. 일본의 미소지루도 한두 번 마시는 양이고 중국은 없거나 탕류가 간혹 보이고 인도 음식에도 카레 국물에 빵을 찍어 먹든가 밥에 비벼 먹는다. 우리같이 뚝배기나 국그릇에 배부를 정도로 가득 떠서 먹는 곳은 없다. 우리 조상들은 적은 식자재로 배부르게 먹는 방법을 물을 타서 먹는 것으로 해결했다. 고기 한 근으로 열 사람 구워 먹기에는 부족하지만 국으로 끓이면 충분했다.

방법도 쉬웠다. 우리의 기본 식재료인 된장만 풀고, 무, 배추, 시금치, 아욱, 우거지, 시래기 등을 있는 대로 넣으면 되었다. 그리고 고기가 있으면 아껴서 썰어 넣으면 고깃국, 고기뼈를 넣고 푹 끓이면 곰탕, 설렁탕, 갈비탕, 개고기를 사용하면 보신탕, 닭고기를 넣으면 닭백숙, 인삼 한 뿌리 더하면 삼계탕, 해물을 동원하면 생선 매운탕, 그 외에도 미역국, 도다리쑥국 등 우리 조상들의 국 만드는 손은 마법의 손이었다.

또 하나 기아를 해결하는 방법은, 농사만으로는 절대적 수요를 채울 수 없으니까 비공식적 식자재의 개발이었는데, 산비탈이나 돌밭에도 잘 자라는 메밀, 녹두, 귀리, 옥수수 등의 잡곡 조달을 하였고, 그래도 모자라서 수렵채집 시대와 같이 들과 산으로 채집활동을 벌였다. 마침 그 수요가 가장 컸던 보릿고개를 즈음으로 봄나물이 그 주된 대상이었다. 도라지, 쑥, 고사리, 냉이, 달래, 취나물, 곤드레 등을 재료로 해서 삶아서 양념에 버무리면 나물이 된다. 향긋한 봄나물의 그 맛을 즐기기는 사치였다.

열매도 열심히 채집했다. 미국사람들이 먹지 않는 밤은 주식과 함께 중요하게 다루었고 다람쥐의 주식인 도토리는 떫은맛을 빼고 묵을 해서 먹었다. 그 외 잣이나, 은행, 산딸기도 훌륭한 식자재였고, 장마가 지면 온갖 종류의 버섯도 탈도 있었지만 좋은 식자재였다. 이런 자재 확보가 어려워지면 초근목피로 연명했다.

기아를 피하려는 노력은 내부적인 작업으로도 발전했다. 서양 사람들은 육식을 주로하고 그 역사도 깊은데, 그들은 거의 살코기 부분과 간 정도만 상식한다. 그런데 우리 조상은 소고기를 예를 들자면, 우설, 우족, 우랑, 꼬리, 유통에, 간, 천엽, 창자, 콩팥, 소골 등 샅샅이 뒤져 모두 식재료화 한다. 뼈는 훌륭한 곰탕의 재료다. 남는 건 별로 없다. 쓰레기도 줄이니 얼마나 현명한가.

돼지의 경우 머리고기에는 눈을 빼놓은 이구비耳口鼻는 모두 식용하며 족발과 껍데기, 꼬리까지 식자재로 동원되었고 창자에 피를 넣어 순대를 만들고, 닭고기는 모래주머니, 닭발도 남김없이 먹었다.

해산물의 개척도 광범위하고 활발했다. 특히나 우리나라는 반도라 해안선이 무척 길어 바다의 혜택을 많이 봤다. 생선은 모든 나라에서 고루 먹고 있으나 그 호감도는 차이가 크다. 예를 들어 미국사람들은 연어, 송어, 게, 새우, 굴, 가재 등 좁은 범위에서만 기호를 하고 있으나 오징어, 문어, 장어 등은 기겁을 하며 싫어하고 그 외 대부분 어패류를 가까이하지 않는다.

해산물에 대한 식품화는 일본이 가장 앞선다. 일식의 꽃은 사시미와 쓰시인데 사시미를 날고기라 하며 손가락질하던 미국사람도 지금은 최고의 음식으로 생활화하고 있다. 우리의 식단에도 오래 전부터 상식하던 생선회가 있고 일식에는 없는 산낙지와 홍어회까지 있어 호기심 어린 세계인의 입맛을 돋우기에는 안성맞춤이다.

아마 해조류를 식생활에 끌어들인 나라는 우리나라와 일본뿐일 것이다. 한국에 있는 인도사람들이 제일 싫어하는 음식이 김이라고 한다. 카레 냄새의 고급스러움에 비해서 (인도 음식에는 향신료 사용이 많다.) 김의 바다 냄새가 거부감을 갖게 하나 보다. 바닷가에 널려있는 미역, 다시마, 김, 모자반, 우무가사리 등 해조류를 우리는 일찌감치 먹었는데 이제야 선진국에서는 차세대 건강식품으로 연구되고 있다. 이런 해조류, 조개, 고둥, 해삼, 멍게도 아마 먹을 것이 없어 개발된 식재료일 것이다.

죽 종류도 죽집에 가면 메뉴가 열 가지가 훌쩍 넘는 것을 볼 수 있다. 환자용으로 개발되었음직도 한데, 보리죽, 옥수수죽 같은 것을 생각하면 이것도 물을 타서 희석하여 끼니를 때웠던 게 아닐까 하는 의심을 지울 수가 없다.

전은 좋은 안주 겸 간식거리다. 녹두전, 애호박전, 고추전, 연근전, 파전, 굴전, 감자전, 생선전, 똥그랑땡… 끝이 없다.

밥상에 오르는 것 중에 장아찌와 젓갈을 빼놓을 수 없다. 장아찌도 오이, 양파, 깻잎, 고추, 매실, 더덕 등 많은데, 재료들을 장류에 묻어 놓으면 세월이 만들어 낸다. 젓갈은 명란, 멸치, 새우, 굴, 오징어, 갈치 내장 등을 소금 뿌려 발효시킨 것인데 그 종류도 많다. 이런 것의 공통점은 높은 염도인데 그 염도는 음식의 저장성을 높이고 사용량을 줄여준다. 적은 양으로 부식을 줄여 한 끼 때우기가 쉽다. 자린고비 전설은 그것의 한 단면이다.

우리 조상들의 절약정신은 우리들의 밥상에서도 여지없이 나타나는데, 쌀 씻은 물(뜨물)도 버리지 않고 활용했으며 솥 밑바닥의 누룽지도 숭늉이란 훌륭한 후식으로 둔갑시켰다.

밥 먹다 남은 반찬을 밥에 비벼 먹다 보니 비빔밥이요, 국에다 밥 말아 먹다 보니 국밥이요, 남은 찌게 국물에 밥 비벼 볶아 먹으니 볶음밥이 되었다.

한식에서 특히 발달한 부분이 발효식품이다. 그 옛날 저장 방법이 특별히 없었던 시절, 공기를 차단하고 저장하므로 발효된 식품들이 발달하게 되었는데 그중 식물성으로는 된장, 간장, 청국장, 김치 등이 있고, 동물성으로는 각종 젓갈류, 홍어 등이 있다. 근자에 와서 발효식품의 유익성에 대해서 재평가하게 되니 조상들이 존경스럽지 않을 수 없다.

한때 수출업에도 영향이 있었는데 미국에서 버리는 소고기의 부속품 — 우족, 꼬리, 내장 등 — 을 수입하여 이익을 챙기는 기업이 있었고, 호주 바닷가에서 우리 전복의 두세 배나 되는 전복을 한국 교민들이 남획한다 하여 자연보호 차원에서 하루 채취량을 다섯 마리로 제한을 하였다든가, 뉴질랜드의 장어는 크고 쉽게 잡아 한국으로 보내져 장어 곰탕으로 팔리고, 북태평양 현지에서 잘라버리는 대구머리를 냉동으로 수입해 대구머리탕으로 국내 술꾼들의 해장국으로 속을 다스려 주었다.

이와 같이 우리의 생존의지에서 시작된 식습관은 세계로 뻗어나가 그 지역의 입맛을 한식으로 길들이고 있다.

　중국에 갔을 때의 경험이다. 그때는 우리나라가 중국의 벤치마크로 뜨고 있을 때였는데 한식이 다이어트에 좋다 하여 기름진 중식을 피하고 한식이 대단한 인기를 가지고 애용되는 것을 보았다.
　한식의 호불호를 따지기 전에 기아를 피하기 위해 눈물겹게 진화한 한식이 세계의 음식에 비해 특별히 색다른 점이 많다는 데 주목할 필요가 있다. 그러한 특색은 장단점을 가지고 있는데 그중 다음은 한식의 자랑이다.
　뭐니 뭐니 해도 한식은 건강식이란 것이다. 현재 전 세계의 식생활에서의 고민은 비만으로 인한 건강 상실이다. 한국인의 식생활은 균형 잡힌 영양 분석으로 보나 한국인의 평균수명이나 비만율로 보나 발달한 발효식품으로 보나 세계 최고이다.
　두 번째는 음식의 맛으로 세계인의 미각을 휘어잡고 있다. 한식의 섬세한 조리법과 광범위한 식자재의 활용은 식도락의 호기심을 충분히 자극한다. 특히나 한식에도 창의성은 한류의 한 물결이 되어 새로운 메뉴로 세계인의 입맛을 끌고 있다.

이름

언어란 게 그렇듯이 인간의 생활 전반에 미치는 영향이란 생각을 해보면 해볼수록 크다는 것을 느낀다. 그 영향의 호불호好不好, 선악을 넘어서 그렇다.

그중에는 이름이란 것이 있다. 집에 주소가 있듯이 세상 만물이 모두 명패를 달고 있다. 하늘, 땅, 꽃, 사람, 남자, 여자…. 그런데 하나의 이름이 음성화하거나 기호화되었을 때 그것을 감수感受하는 사람에게는 모르는 사이에 이매지네이션이 작동하여 형상으로 나타난다. 사랑하는 사람의 이름을 들으면 가슴이 훈훈해지거나 떨리기도 한다. 그리고 연상은 그의 주위를 맴돌아 미소를 머금게도 가슴을 조이게도 한다. 미워하는 사람은 다른 반응을 한다.

나의 친구들 중에 내가 태어나서 처음 만난 친구가 천장철이다. 동갑내기니까 거의 나이만큼 친구로 지냈다. 늘 옆에 있는 것은 아니지만, 초등학교부터 대학교까지 같은 학교를 같이 다닌 적도 없지만 그 친구와는 거리감이 없다. 나는 그를 때때로 미워하거나 싫어하기도 했으나 그는 나를 그렇게 한 적이 없다. 나는 결벽증이 좀 있었고 그는 전혀 개의치 않았다. 나는 겁쟁이였는데 그는 용감했고 배짱도 있었고 싸움도 잘했다. 생일이 한 달 빠르다고 늘 형같이 굴었다. 딱지 따먹기에 내가 잃으면 슬쩍 보태주었다. 그는 따고 나는 잃었다. 딱지는 시장경제같이 돌고 돌았다. 우리는 깜보였다.

그 친구를 나는 '철'이라 불렀고 그는 나를 '준'이라 불렀다. 어릴 때 집에서 부르던 이름이다. 어릴 때 "철아."라고 부르면 "머, 때리라 꼬." 하면서 때리는 시늉을 내기도 했다. 나는 철이 덜 들어서 그런지 아직도 '철'이라 부른다.

지금도 그의 조금 지저분한, 조금 무지한, 조금 거친, 조금 따뜻한 그의 냄새가 나의 그리움이 되었다. 어릴 때 쓰던 부산 사투리가 정 겹듯이.

환갑 전후로 친구들 사이에 '호'가 나돌기 시작했다. 나는 그런 분위기에 적응을 못해 왜 그러는지 이해를 못했는데 예로부터 선비들이 호를 주고받으며 멋을 부리고 예의를 차리곤 하였던 것 같았다. 실제로 호를 부르니 다른 사람인 것 같았다. 품위가 다르고 언행이 다르고 거리가 달리 보였다. 그런데 나는 그것이 싫었다. 가면을 쓰는 것같이 보였기 때문이다. 그렇게 예의 바르게, 폼나게 살려면 존댓말을 쓰는 것이 더 나을 것이기 때문이다.

나도 서너 개의 호를 받은 적이 있었다. 전부 간곡히 사양했다. 수십 년간, 아니, 태어나서 지금까지 써 오던 내 이름 '문준'. 추억이 있고, 역사가 있고, 그리움이 있고, 치부가 있고, 영욕의 새김이 있고, 애증이 서린, 닳고 닳아도 부서지지 않는, 때 묻은 그 이름을, 성형미인에게 자리를 내줄 수는 없다.

내 친구들의 이름도 마찬가지다. 새로운 호로서는 그의 기억이 사라진다. 그의 짠맛, 단맛, 찌든 맛이 나지 않는다. 새로운 이름에는 새로운 집을 지어야 하기 때문이다.

내가 얻은 호 중에는 박물관 가이드를 하시던 중년 부인에게서 받은 '閒士'가 생각난다. 몇 번 오가는 역사 문답 중에 생각이 났나 보다. 한가로운 '한'자에 선비 '사'라 하면서 '閒'자의 '門' 아래 나무 '木'을 떼고 달 '月'을 걸어 주면서 호는 멋이 있어야 된다고 하였다. 나름대로 멋도 있고 성의도 고마웠지만 그 대명사도 기억의 서랍에 넣어 두었다.

내 마음속에는 여러 이름이 있다. 나는 그 이름을 값어치 있는 이름으로 부르겠다. 이름과 함께 묻어오는 그 냄새를 맡고 싶다. 별이 흐리다고 광택제로 닦을 수는 없다. 별은 흐리면 흐린 대로 반짝이면 반짝이는 대로 그 별이어야 한다.

고맙구려

바위보다 무거운 몸뚱아리
밥 멕이랴 배설시키랴
수시로 약 멕이랴
온 힘 다해 욕보는 당신
고맙구려

하루 스물네 시간
내 몸 간수 아사라 던져버리고
뒤쳐눕는 소리에도 잠 못 들고
아픔이 내 것인양 얼굴도 못 펴
선생님 말끝 따라 해바라기 당신
고맙구려

반성과 참회란 말
책 속에서 무던히 읽었건만
한 번도 내 것이 못 되더니
'제발 내 말 좀 들으소' 잔소리에
이제는 철들어야지

'바쁜데 오지 마라 야들아'
간병인도 맡길 수 없다
내 남편은 내 몫이다
늙은 몸에 고집만 남은 당신
고맙구려

추도사의 유머

　오늘 아침에 카톡 방에서 읽은 존경하는 선배가 올린 아들 부시의 아버지 부시 전 대통령에 대한 추도사를 읽고서 느낀 바를 쓴다.

　이 세상에는 수많은 추도사가 장례식장을 따라다니며 있을 것이다. 얼마 되지 않은 양으로 나도 다른 추도사를 읽은 적이 있지만, 지난 추도사에 감동을 받았는지 어떤지 기억에 없지만, 오늘 아침의 추도사는 나의 마음을 찡하게 만들었다. 명문이어서가 아니다. 하긴 명문이란 것이 따로 있어서가 아니라 듣는 사람들의 마음을 움직이는 것이 명문이지만. 누구나 알아들을 수 있는, 우리 주위의 어디서나 일어나고 있는 평범한 일상 속에서, 백악관이 아니라 어느 평범한 미국의 가정에서 일어날 수 있는 평범한 일상에서, 누구나 나라를 지키기 위해 입대하고 군인으로서 충실히 복무하는 모든 것이 정상적인 것이었기 때문에 듣는 모두가 감동하지 않을 수 없다. 아들 부시가 고인이 된 아버지를 존경하는 것은 그가 전직 대통령이라서라기보다 자연인 부시가 얼마나 가정적이고 애처가이며 훌륭한 아버지이고 친근한 이웃으로 살아왔는가의 기준에서이다. 재선을 막은 정적 클린턴과의 우정은 신문에 알려진 대로이다. 정치 이념은 다르지만 인간적인 관계는 그것으로 훼손되지 않는다는 평범한 사리 때문이다.

　또 하나 인상적인 것은 유머였다. 이러한 것은 미국 문화에는 흔한 것이지만, 이번 추도사에서 그것도 상주인 아들이 그런 농을 하는 것은 우리 전통에 젖은 나에게 선뜻 이해가 되지 않았다. 추도사가 주는 고인에 대한 추억과 그리움과 존경을 공유하면서 구절마다 빠지지 않고 곁들이는 유머는 검은 양복을 입고 참석한 추도객들에게 한바탕 웃음을 선사하면서 식장의 긴장을 풀고 여유를 베풀어주었다.

며칠 전에 같은 카톡 방에 올려진, 지방의 어느 장례식장에서 일어난 폭소 사건이 생각난다. 한 할머니의 주머니에서 핸드폰 벨소리로 나온 유행가 소리가 식장을 한참이나 끼들끼들 타들어가다 마침내 식장을 폭파했고, 그 글을 읽고 나도 배를 잡고 웃었던 적이 생각났다. (벨소리 시간이 오래 걸렸던 것은 그 할머니가 핸드폰 끌 줄 몰랐기 때문이었다.) 이 각박한 세상에 더구나 엄숙하고 조신해야할 장례식의 폭소 폭발은 아마 고인에게도 즐거움을 전했으리라. 자신의 노래 〈춘자야〉가 장례식장에 기여할 줄은 모르고 부른 가수도 그 소식에 폭소했으리라.
우리의 일상이 얼마나 굳어 있었으면 이런 일이 카톡 방을 돌아다닐까? 미국과 같이 유머가 생활화돼 있지 않더라도, 대통령의 기자회견에서라도, 성직자들의 설교에서라도, 교장선생님의 훈시에서라도, 여야 협상에서라도 유머를 섞어가며 말하면 얼마나 좋을까.

해외여행을 갔다 온 사람들은 느낄 것이다. 비단 미국뿐 아니라 유럽이나 일본, 그뿐 아니라 동남아만 하더라도 여행을 끝내고 인천

공항에 도착해서부터 우리나라 사람들의 표정이 유난히 굳어 있음을 느낄 것이다. 비단 사람들의 표정뿐 아니라 성냥갑 같은 회색 콘크리트 건물, 지나가는 무채색의 자동차들, 이런 것들이 우리 주위의 모습들이다. 10년, 20년 전보다 이제는 차츰 변하고 있어 다행이지만 무게 잡고, 근엄하고, 정숙한 모습을 우리 주위에서 차츰 지워가면 어떨까? 그 대신 따뜻하고 부드럽고, 웃는 모습이 우리 주위를 감쌌으면 좋겠다.

유머가 코미디의 소재가 아닌 일상의 한 부분이 될 수 있도록 밝은 생각을 하며 얘기하고 귀담아듣는, 그래서 작은 웃음거리도 생활 곳곳에 스며들었으면 한다. 무거운 가죽 옷을 벗어던지고 가벼운 패딩을 걸쳤을 때, 보온성과 편의성이 우리의 행동을 자유롭게 하듯이.

단감

친구가 보내온 감을 깎으며
감 속에 감추어진 미소를 본다
감같이 둥그런 마음을 본다

붉지도 누렇지도 않은 감색은
세상을 모나게 살지 말라는
현자의 말씀

첫 키스가 남긴 감 냄새는
끈질기게 내 삶에 남아 있고

미지근한 단맛은 이심전심의 정
약간의 떫은맛마저 더욱 정답구나

친구가 보내온 감을 깎으며
감 속에 감추어진 삶을 들여다본다

습관

'세 살 버릇 여든 간다'란 말이 있다. 습관이란 한 번 들면 고치기 어려운 것이라서 처음부터 바른 습관을 가져야 한다는 격언이다. 실제로 그렇다. 세 살까지는 기억이 없다 하더라도 어릴 때의 습관이 지금이 되도록 계속되고 있는 것을 알 수 있다. 그러한 습관이 성격이 되고 인격이 되고 삶의 행로에 방향타가 된다.

야구 중계를 보면서 타자들의 배터박스에서의 타구 전 동작을 보면, 아주 다양하고 눈에 띄어서 어느 선수가 헬멧을 다시 고쳐 쓴다든지, 어느 선수가 몸을 심하게 푼다든지, 어느 선수가 배트로 타석 근처에 글을 쓴다든지 하는지를 다 알 수 있다.

골프도 마찬가지다. 어떤 선수는 왜글을 많이 한다든지, 어드레스를 자주 푼다든지를 알 수 있고, 헤드업을 하지 않으려고 수만 번의 스윙 연습을 해야 한다는 것도 알고 있다. 골프의 승부는 얼마나 바른 동작을 오래도록 유지하는가에 달려 있다. 이 모든 것이 습관의 중요성과 습관 변화의 어려움을 말하는 것이다.

습관이 생활 속에 얼마나 많이 차지하고 있는가를 보자.

일찍 일어나는 사람은 늘 일찍 일어나고 잠꾸러기는 늘 늦잠을 잔다. 밥 먹는 자세도 사람마다 달라서 예의의 시작을 식사 습관에서 찾기도 한다. 말하는 습관 — 말투, 발음, 상스러운 말, 비방, 거짓말, 유머, 묵언, 큰 소리 — 도 본인도 모르게 배어 있다. 걸음걸이, 웃는 모습, 배려하는 행동 등도 모두 습관을 바탕으로 하고 있고 심지어 심하면 도벽, 도박, 외도, 사기, 폭력, 음주벽 등 심각한 악습도 있다.

나에게는 두 번 악습을 고치려고 했던 적이 있는데, 하나는 군대를 제대하는 1974년의 금연이었다. 담배를 피워 본 사람은 아시겠지만 참 끊기가 어렵다. 여러 가지 에피소드가 있지만 금연을 하면서도 금연 실패를 하고 좌절하는 꿈을 1년 동안 꾸었다.

다른 하나는 2001년 새해 소망으로 '화'를 내지 않기로 하면서 아내와 약속을 했는데 화를 내면 만 원씩 내기로 하였다. 아내 없는 데서 화를 낸 것도 자진 신고하면서 그 해에 십만 원을 넘기지 않았으니 절반의 성공인 셈이다. 그 뒤 언젠가 보니까 다시 화를 내고 있는 성격으로 돌아와 있었다. 엄밀히 말해서 흡연은 습관이 아니라 니코틴 중독이므로 내 인생에 습관 고치기는 무위로 끝났다.

근자에 사회에 물의를 일으켰던 갑질도 나쁜 습관의 하나이다. 어릴 때부터 권력과 부를 가진 집안에서 호의호식하며 교만을 키웠다가 사회생활을 하며 높은 자리에서 아랫사람을 부리다 보니 몸에 밴 습관이 된 것이다. 그런 사람들은 잘못을 알고 반성하고 후회해도 오래 가지 못한다. 내 친구 중에는 그런 환경에서 자랐는데도 올바른 인격을 가지고 있는 경우도 있다. 어릴 때부터 가정교육이 철저했기 때문일 것이다. 요즈음 나라를 뒤흔든 국정문란의 가운데 서 있는 전직 대통령은 앞길이 요원하다. 그 철저하게 오염된 공주 습관을 어떻게 고칠 것인가? 보통 인간의 사회성으로 회복하기에는 인생이 짧게 보인다.

이런 습관은 어디서 오는 것일까? 습관적 행위를 자세히 보면 의식을 하고 판단을 해서 의지로서 하는 것이 아님을 알 수 있다. 그야말로 습관적이란 본인도 모르는 새 진행된다. 의식은 관련성이 없고 무의식에서 작용한다. 인간의 잠재의식은 의식에 비해서 그 영역이 무척 크다고 한다. 그 잠재의식에 숨어 있던 행위 원인이 작동하는 것이다. 그래서 습관을 개선하기가 무척 어려운 것이다.

나쁜 습관을 고치고 좋은 습관을 지켜야 하는 것은 당연한 일인데, 습관 고치기가 이렇게 어렵다면 어떻게 해야 하나. 다행히도 성악설에 의하면 고칠 수 있다는 말이다. 꾸준한 학습, 규칙적이고 이성적인 생활 자세, 정신 수양, 그리고 가장 중요한 것은 의지력이다. 단번에 강한 시도가 아니라 지속적이고 끈기 있는 노력이 필요하다. 우선 고치기 쉬운 악습부터 골라서 — 가령 국물 음식을 먹을 때 소리 내지 않는 것 — 집중적으로 해 보자. 다음 생에는 좀 가벼운 영혼을 보내야 할 것 아닌가.

의중意中

며칠 전 일어난 일이다. 유행인지 모르나 우리 집에도 에어드레서가 들어왔다. 그것이 들어오다 보니 기존 가구들의 배치 조정을 해야 했다. 소파와 장식장을 이동시키고 공간을 만들어 그것을 앉혔다. 그런데 아내가 가구 간의 틈새를 재조정하려다 힘이 드는 일이라 한번 부탁하다 만다. 딸애가 엄마를 부추겨 기어코 다시 옮긴다. 그걸 보고 있다가 내가 딸애에게 말했다.

"엄마가 안 옮겨도 된다는데 구태여 다시 옮기려고 그러니."라고 하니까,

"아빠, 엄마의 의중을 알아야지요." 하면서 굳이 옮겨 놓았다. 그러고는 딸애는 약속이 있어 외출했다.

아내와 쉬면서 얘기를 했다.

"아까 당신이 세 번씩이나 안 옮겨도 된다고 했잖아. 그런데 걔는 굳이 옮기려고 했지?"

"내가 괜찮다고 한 것은 걔가 옮기며 힘들어하는 것보다 그냥 내가 양보하는 것이 낫겠다고 생각해서였죠. 그 애가 내 의중을 안 것이지요."

내 머릿속에는 감탄부호와 의문부호가 동시에 떴다.

남자들은 여자를 잘 모른다. 반면에 여자들은 남자를 잘 안다. 남

자들은 아내가 그들의 숨기려는 비리를 귀신같이 찾아내는 것을 보고 놀란다. 탐정이라 해도 그런 여자들의 근거를 찾기 힘들다.

아내가 아프면 직접 대놓고 남편에게 아프다고 얘길 하지 않는다. 끙끙거리면 남편의 대답은 한결같다. "병원에 가야 낫지. 그렇게 끙끙거리고 있으면 낫나?" 그 말을 들은 아내는 더 아프다. 육체의 통증에 마음의 소외감이 더해졌으니까. 둔감한 남편은 아내가 아니라면 아닌 줄 알고 싫으면 싫은 줄 안다. 포레스트 검프와 다름없는 발달장애자이다.

갓난아기를 안은 엄마가 아기에게 말을 하는 것을 자주 본다. 남자들은 말도 못 하는 갓난아기와 엄마의 대화가 이해되지 않는다. 그런데 자세히 보면 아기는 표정과 몸짓과 옹알이로 엄마의 말에 대답한다. 엄마는 아기와 대화하면서 배가 고픈지, 잠이 오는지, 아픈지, 기쁜지를 안다.

이심전심이란 말이 있다. 서로 간에 말과 글이 없이 뜻이 통하는 것을 말한다. 정신수련이 높은 사람이거나, 절박한 상황에 놓인 사람들이 말을 못할 때, 같은 길을 걷고 뜻이 같은 사람들에게, 사랑하는 사람들에게 그런 일이 일어난다.

불교 선종에서는 '불립문자不立文字'라 하여 문자(언어)는 깨달음의 방편일 뿐, 진리의 깨달음은 문자를 떠나 곧바로 마음을 꿰뚫어서 본성을 보아야 한다고 한다.

부처님의 염화미소拈花微笑의 가르침 이래 중국의 선종에서는 언어를 넘어서는 이심전심이 선문답으로 이어져 오늘에 이르고 있다.

원래의 뜻의 전달이 말과 글에 의해 오염되어 심중의 뜻을 제대로 전달하지 못하기 때문에 이심전심이 가장 순수한 전달 방법이란 말이다.

　말이란 진실을 전달하기도 하지만 거짓도 전달한다. 세상에는 숱한 거짓말이 횡행한다. 거짓말하는 것도 한 사람의 대상은 부족한 듯 거짓 뉴스가 공중파를 타고 대중을 현혹한다. 진위를 구분하는 것은 마음이다. 그런데 그 마음조차 부정확하다. 선입관과 편견 때문이다. 선입관이란 모든 경험과 지식이다. 말과 글도 선입관이다. 그것들은 마음을 오염시킨다.

　세상은 이런 말의 모호함 때문에 오해와 갈등과 분쟁이 생긴다. 오해와 갈등과 분쟁을 해소하기 위해서는 의중을 알아야 한다. 상대방이 발설한 언어의 참뜻을 찾아내는 것이다. 상대방의 마음을 읽어야 된다는 것이다. 도사들이나 민감한 여자들은 직관으로 알아들을 수 있으나 대부분의 남자들은 이성을 갈고 닦아 마음속에 추론력을 갖추어야 한다. 그것이 힘들면 사랑으로 들어야 한다.

4등의 행렬

　나에게는 가을 하늘 하면 먼저 생각나는 게 있다. 그것은 초등학교 때의 운동회다. 가을이 되면 파란 하늘 아래 펄럭이는 만국기, 운동장을 꽝꽝 울려 퍼지던 라데츠키 행진곡, 드넓은 운동장에는 횟가루로 그려놓은 트랙과 달리기 라인, 트랙을 넓게 둘러싼 천막, 그리고 상고머리에 파란 모자 흰 모자, 단발머리에 파란 띠 하얀 띠, 다 같이 하얀 런닝에 까만 팬츠를 입은 아이들이 부산하게 움직였다. 방송 소음, 고함 소리, 북소리, 천막마다 가득 찬 응원단의 응원 소리로 온종일 열기로 들떠 있었다. 응원단의 구호는 '청군 이겨라' '백군 이겨라'였다.

　축제였다. 소풍보다 더 큰 행사였는데, 나에게는 성큼 다가서기에는 망설임이 가로막는, 지금까지도 지워지지 않는 트라우마가 있었다. 단순히 그렇다고 하기에는 어쩌면 그것도 아름다운 추억으로 변색되었다고도 할 수 있을 것이다.

　운동회 프로그램은 개인 경기와 단체 경기로 되어 있었는데 단체 경기에는 줄다리기, 바구니 터뜨리기, 공 굴리기, 기마전 등이 있었다.

　개인 경기는 전원이 참가하는데 6명이 한 조가 되어 100m 달리기를 했다. 선착순으로 1등에서 6등까지 구분하여 1등에서 3등까지는 상을 주었다. 상이래야 연필 한 자루나 얇은 공책 1권이었지만 상이란 상품 가치 이상의 가치를 갖고 있었기에 모두들 젖 먹은 힘을 다해 힘껏 달렸다.

달리기의 내용을 좀 더 구체적으로 설명한다면 트랙의 구조가 앞부분 50m는 반원을 도는 곡선으로 되어 있었고 나머지 50m는 직선 구간이었다.

경기 규칙도 있었는데 기억나는 것은 반원 구간을 달릴 때 추월하는 사람은 바깥쪽, 그러니까 반원의 중심에서 먼 쪽으로 추월해야 하는 것이었다. 나는 추월할 때에는 바깥쪽으로 달리고 안쪽에서는 추월당했다. 그 룰을 지키는 아이들은 거의 없었던 것 같았는데 나는 금과옥조같이 지켰다.

부끄럽게도 나는 6년 동안 6번의 운동회에서 6번의 4등을 기록했다. 3등 안으로도, 4등 밖으로도 나간 적이 없었다.

운동회가 끝나면 맨날 빈손이었다. 4등의 행렬! 상록수같이 변함없는 계급을 달고 인생의 쓴 맛을 거듭 느끼며 소년 시대를 보냈다.

상을 받을 뻔한 안타까운 순간도 없지 않았다. 한번은 신장순으로 조 편성을 하는데 6명씩 자르다 보니 마지막 조가 2명이 되었다. 나는 키가 컸기 때문에 마지막 조에 남아 있었다. '아싸, 이번에는 적어도 2등이다.' 하고 있었는데, 운동회 당일날 선생님이 다른 조에서 1명씩 차출하여 우리 조를 5명으로 만들어 버렸다. 결과는 어김없이 또 4등이었다.

또 한번은 결승점에서 1, 2, 3등은 운동회 진행원들이 한 사람씩 데리고 가서 1, 2, 3등 줄에 세우는데, 나를 3등 줄에 세우려 갔다가

갑자기 순서가 바뀌었다고 자리를 바꾸어 버렸다. 그 서운함이란 손에 들어온 물고기를 놓친 기분이었다.

이러한 4등의 기억은 매년 운동회가 다가오면 나에게 무거운 부담으로 다가왔고, 매번 상처가 아물기도 전에 또 상처가 겹치면서 즐거운 운동회가, 운동장에 울려 퍼지던 라데츠키 행진곡이, 푸른 하늘까지도 내 마음에 그늘을 드리웠다.

그나마 그 상처를 덜어 주었던 것은 중학교 입시 때의 체능 평가였는데 100m 달리기에서 5점 만점을 받은 것이었다. 그때는 두 명씩 직선으로 달려 곡선 코스의 변화 많던 심술을 피할 수 있었다.

만점의 기쁨으로도 6번의 4등의 쓰라린 기억을 지울 수 없었다.

4등의 행렬은 수십 년의 세월이 흐른 지금 애통함이 안타까움을 거치고 부끄러움을 건너 나만이 미소 짓는 아름다운 추억이 되었다. 룰을 어기면서 얻는 부정 3등의 유혹을 떨친 정직함이 비록 한 자루 연필은 잃었지만 포레스트 검프처럼 자랑스럽기만 하다.

동계 올림픽의 쇼트트랙이란 종목에서 트랙을 돌면서 앞 선수의 안과 밖을 구분하지 않고 추월하는 것을 보고 세상의 변화가 과거와 현재를 선명하게 구분하고 있음을 알게 된다. 이 세상에서는 더이상 포레스트 검프를 영웅으로 인정하지 않는 걸까?

일상의 가치

　〈맨체스터 바이 더 씨〉, 〈문 라이트〉 두 편의 영화를 일주일 새에 보았다. 그것도 수십 년 동안 보지 않던 영화를.

　전자는 미 북동부 백인 사회를 배경으로, 후자는 미 남부 흑인 사회를 배경으로, 한 영화는 과거의 트라우마에서 벗어나려는 몸부림에서, 다른 영화는 약자의 피해의식과 소외감에서 오는 고통을 있는 그대로 담담하게 연출하고 연기하고 촬영하였다. 클라이맥스도 서스펜스도 없는 영화에서 관객들은 눈을 크게 뜬다. 배우와 스탭은 심혈을 기울여 느린 화면, 클로즈업, 적은 대사로 관객들을 몰입시킨다. 두 영화는 금년 아카데미 작품상을 포함해 5개 부문에서 수상했다.

　모처럼의 감상에서 두 영화의 닮은 점에 흥미가 생겼다. 영화란 말 그대로 극적인 구성이 생명이라서 사람을 놀라게 하고 가슴 찡하게 만들어서 카타르시스를 시켜주는 것인데, 그냥 우리의 일상같이 밋밋하다. 그런데 왜, 영화관엔 관람객이 차고 아카데미상으로 떠들썩하지?

　집밥이 그리울 때가 있다. 젊었을 때는 집에서 오래 떨어져 있다가 집이 그리울 때 집밥도 그립다. 나이가 들어서는 집밥의 진미를 안다. 김이 올라오는 따뜻한 밥, 된장국, 고등어구이, 김치. 늘 먹는 그 밥인데도 맛있다. 그런데 더 맛있게 먹으려면 밥 지은 사람의 정성을 생각하고 밥 한술 입에 넣고 50번 씹으며, 뜨거운 국물 한 술 시원하게 느껴 보면, 더 맛있다. 얼마나 맛있게 먹었냐는 것은 얼마나 먹는 것에 집중하여 감사를 느끼느냐에 달려 있다.

영화 주인공 리나 샤이론의 삶은 특별한 것이 아니다. 우리 주위의 어떤 누구에게나 있을 수 있는 평범한 삶이다. 그건 내 친구일 수도 있고, 우리 엄마일 수도 있고, 나 자신일 수도 있다. 못 느끼는 이유는 잘 보지 않고 살기 때문이다. 〈문 라이트〉의 감독같이 표정을 확대해보고 동작을 천천히 뜯어보고 일상적인 대화를 귀담아들어 보라. 얼굴에 난 솜털이 보이는 게 아니라 그 사람의 마음이 보인다. 슬픔을, 노여움을, 외로움을 볼 수 있다. 말 속에 숨은 말이 들린다. 침묵 속에 속삭임이 들린다. 표피의 화장이 아니라 심중의 울림이 있기 때문이다.

우리가 여행을 간다거나 독서를 한다거나 신앙심을 가진다거나 하는 것은 단지 표면적인 이유만 있는 것이 아니다. 내 인생에 경험하지 못했던 새로운 세상의 발견, 아름다운 향기에 환희하고 궁극적인 의문에 대한 답을 얻고자 함에 있다.

불교의 가르침에 '평상심이 도다平常心是道'란 말이 있다. 행주좌와行住坐臥는 '가거나 머물거나 앉거나 눕거나 늘 깨어 있으라'란 말도 있다. '조고각하照顧脚下'란 말도 있는데 발밑을 보고 생각하란 말로

'일상생활에서도 깨어 있음을 놓치지 말라'는 말이다.

　우리가 빗물같이 아낌없게 여기는 일상이 예사로운 것이 아니다. 하루 생활이 아무리 단순하다 해도, 한 시간 한 시간이, 일 분 일 분이, 일 초 일 초가 얼마나 귀한 것인지 모른다. 그 일 초에서 생사의 구분이 있고 영원으로 가는 길이 있다. 매일의 생활이 잠자고, 밥 먹고, 일하고, 말하고, 커피 마시면서 살고 있다. 그 하나하나를 들여다보라. 밥 먹는 한 동작 한 동작에 생명이, 고마움이, 즐거움이, 삶이 있음을 느껴보라. 커피 한 잔에 맛과 향기와 여유와 그로 인한 즐거움과 대화와 섬세한 감정의 흐름과 주위의 시선과 음악과 … 셀 수 없는 관계들에 연관되어 있는 것을 느껴보라. 그 얼마나 놀라운 일이냐. 빗물처럼 흘려보낼 일이 아니다. 〈문 라이트〉의 감독이면 새 영화 한 편을 찍을 수도 있다.

　삶의 가르침은 수천 년 전부터 성인의 말 속에서, 생의 철학자들, 실존주의 철학자들 주장 속에서 수없이 설명하고 가르치고 되뇌어 온 말씀들에 있다.
　영화 속 배우의 한 순간의 표정, 밥 한 술, 커피 한 모금, 대화 한 마디, 한 숨, 한 걸음을 쉽게 흘리지 않는다면, 하루하루 일상을 뜻 깊게 보낸다면, 평상심이 도인 것을 깨닫게 되고, 삶의 가치를 터득하게 되고, 지금 이 자리가 낙원임을 알게 된다.

애도

그 무덥던 여름날 훌쩍
정원 형은 떠났습니다
무거운 몸 벗어던지고
저세상으로 떠났습니다
삶과 죽음의 경계를 사뿐히 넘어
바람같이 떠났습니다

작은 눈과 큰 입 얼굴에
담긴 미소와 파안대소가 좋았습니다
따라 웃던 나였는데
이제는 지워도 지워지지 않는 얼굴이 되어
나를 울립니다
반쯤 싱거운 유머 속에 예지를 담고
몸으로 농으로 덕을 가르치던
정원 형은 진국 멘토였습니다
더하여 하프스윙 티샷도
당구장 뒷자리에 앉아 훈수하던 테크닉도
작지만 잊지 못할 가르침이었습니다

종심소욕의 모습 보이기가 그렇게 어려웠나요
남은 여생 할 일 전부 해버렸나요
저세상은 착한 사람 선착순인가요
좀 더 있었으면 세상이 더 밝아졌을 텐데
그 세상이 더 급했나요
그래도 마지막 배려까지 챙겨 무더위를 안고 가시니
남은 사람 마음이 더 무겁습니다

정원 형, 저세상 가거든
묶어 두었던 자제력, 인내심, 이타심 훌훌 털어버리고
마음껏 자유를 얻으소서
자유롭게 편히 쉬소서

이천십칠년 팔월 십구일 새벽

아제아제 바라아제

봄날은 간다

접시꽃 한 떨기

푸른 하늘 가을바람 속에 외로이 접시꽃 한 떨기 피어 있다.

줄기도 시들고 이파리도 말라 얻어먹을 젖도 없는데…, 반쪽 얼굴이 애처롭다.

세상 만물이 모두가 의미를 가지고 존재한다는데

너는 하고 싶은 말이 무엇이냐?

아름다움보다는 생명

　지난날 애란愛蘭을 취미로 한 적이 있다. 10년 정도 되는데 베란다에 50분 정도의 난을 키웠다. 그동안 〈난과 생활〉이란 월간지를 정기구독 했으니까 마니아 축에 끼일 수도 있겠다. 귀한 일요일이면 아침 햇살이 들어오는 곳에 앉아 난분을 안고 난잎을 닦으며 삼매경에 빠져 시간 가는 줄을 몰랐다.

　그때는 난에 물을 줄 때 난이 꿀꺽거리며 마시는 소리를 들었다. 물조리개로 물을 뿌려주면 난은 샤워한 여자같이 청초롭게 빛났다. 봄이면 온도를 조절해서 꽃 핀 분들을 돌아가며 거실로 들여놓아 한 달은 족히 난향을 즐길 수 있었다. 다소곳한 난화는 시스룩 한복을 입은 여인같이 아름다웠다.

　난 전시회에 간 날이었다. 너른 전시장에는 대상, 금상, 은상 리본을 번득이며 경염의 열기가 뜨거웠다. 한 분, 한 분 느낌을 나누다가 한구석에 놓여 있는 손바닥만 하게 납작한 화분이 눈에 띄었다. 그 화분에는 난이 심겨져 있지 않았는데 자세히 보니까 녹색의 표면을 이끼가 덮고 있었다. 그 순간 나도 모르게 난들을 잊어버린 채 나의 신경은 이끼에 몰두하기 시작했다. 자세히 보니 바닥에 깔린 녹색 잎 사이로 머리카락 같은 줄기 끝에 좁쌀만 한 꽃이 피어 있었다. (그 뒤에 알아본 결과 그것은 꽃이 아니라 홀씨를 담는 포자낭이었다.)

아무도 눈길 주지 않는 구석에서 생명은 보석처럼 빛났다! 그것은 작으면서 힘차 보였고, 그늘진 곳에서도 반짝였고, 침묵 속에서 속삭였다. 그것은 마치 모든 생명은 평등하다고 주장하는 것 같았다.

그렇다. 수백만 원 하는 난이나 이름 없이 구석에 놓여 있는 이끼나 생명이란 가치에는 동등한 것이었다. 유레카!

그 후로 집의 난이 한 분, 두 분 사라지기 시작했다. 작년 겨울 풍란을 얼려 죽인 후 이제는 난이 없다. 다른 관상목도 정리했다. 집 안에 관상식물이 없어졌지만 집 밖에는 녹색 생명이 지천으로 널려 있다. 소유의 탐욕을 벗어나 자유롭게 탐미하고 교감하기로 했다.

나는 산을 오를 때 바위에 혹은 석물에 끼어있는 얼룩 같은 자연물을 눈여겨보지도 않고 지나치곤 했다. 이끼가? 바위 표면의 변질인가? 의문은 쉽게 잊혀졌다.

어느 날 문득 생각나 인터넷을 찾아보니 그것은 지의류란 아주 오랜 역사를 가진 식물이었다. 큰 나무 줄기나 바위에 물감이나 곰팡이같이 얼룩덜룩 그려져 있는데, 균류와 조류의 복합체로 공생하는 식물군으로 아침 이슬을 머금거나 빗물을 받아 부풀어 녹색을 띠면서 광합성을 한다고 한다.

이렇게 우리 주위에는 관찰해야 할 생명이 많다. 생명을 관찰하는 것은 아름다움을 찾는 일이고, 생명을 사랑하는 일이고, 세상의 신비에 한발 다가서는 일이고, 나와 대상이 한 몸이 되는 일이고, 내가 세상이 되고 우주가 되는 일이다. 상즉상입相卽相入이다.

꽃이 피움

안국동 로터리는 북촌과 조계사와 인사동을 세 꼭짓점으로 하는 삼각형의 중심에 있다. 그 꼭짓점과의 거리가 걸어서 30분 내에 있는 삼각형 안에 미술관, 고찰, 고궁, 한옥, 골동품점, 음식점들이 있어서 관광객들에게는 참 접근성이 좋은 곳이다. 그런데 사실은 그곳에 가보면 무언가 그런 문화적 향기가 싹 걷혀진 힘의 공백 지대같이 건조하고 휑하다.

거기에 로터리에 면하여 '꽃이 피움'이란 커피숍이 있다. 빌딩의 1층이라 너르고 현대식으로 때 묻지 않아서 정답지 않은, 그리고 커피 맛도 마니아들은 찾지 않을 것 같은 그저 그런 곳이다.

그곳에서 삼각형 지역의 취향과 비슷한 L형을 몇 번 만난 적이 있었다.

"커피숍 작명을 어느 분이 하셨는지 재미있군요. '꽃은'이 아니라 '꽃이'라고 한 까닭이나 '핌'이 아니라 '피움'이라고 한 까닭입니다. 제가 '아니라'라고 상이법적 언어를 '대신에'라고 유사법적 언어를 쓰는 게 실상에 가까이 접근하는 게 아닌가 하는 생각도 드는군요."

"그러네요. 저의 생각은 늘 형의 뒷북만 치네요. '꽃이 피움'은 깊숙이 비의를 품고 있는 것 같네요."

그렇다. 꽃이 피는 것은 꽃이 잘나서 제 힘으로 피는 것이 아니다.

꽃은 단지 씨앗 한 알을 남기지만 씨앗이 꽃을 피우기 위해서는 햇빛과 수분과 공기와 흙과 비료가 있어야 한다. 그뿐만도 아니다. 기온과 습도를 포함한 날씨, 그늘과 양지, 비와 눈으로 간격을 조절하는 구름, 돌보는 사람의 근면과 애정, 이런 모든 것이 관련되어 있다. 더 멀리 보면 영향력은 끝없이 뻗어나가 삼라만상이 연결돼 있음을 안다. 그런 것을 알고서야 어찌 감히 '꽃이 핌'이라고 말할 수 있겠나. 꽃은 제 스스로 피는 것이 아니라 하늘이 점지하고 우주가 키웠다. 아니 우주의 한 모습인지도 모른다. 그래서 꽃은 주체이면서 수동적이어야 한다.

'꽃이 핌'도 아니요,

'꽃은 핌'도 아니요,

'꽃은 피움'도 아니요,

'꽃이 피움'이 맞는 말이다.

어찌 꽃뿐이랴. 너도 그렇고 나도 그렇고 만물이 다 그렇다. '너는 있음' '나는 있음'이 아니라, '네가 있어짐' '내가 있어짐'이다. 나를 낳아준 부모님뿐만 아니라 삼신할머니에게도 나를 있게 해 주어서 고맙다고 하는 것이 맞다.

때로는 생활 중에 듣는 자가 그 뜻을 이해할 때 더욱 큰 느낌으로 받아들이게 하기 위해서 직선적인 전달 방법 대신에 간접적인 표현을 하는 경우가 많다. 그것에는 은유, 상징, 묵언, 비의, 오의奧義 등이 있다. 숨겨진 뜻을 발견하게 될 때 더욱 깊게 느끼고 세상을 달리 본다.

주체와 객체 간에 의사소통의 수단으로 말과 글이 사용되나 표정이나 몸짓으로 대신할 때도 있다. 그러나 아무리 정확한 말을 쓰거나 정교한 글로 표현하더라도 그 뜻이 완벽하게 전달되지 않는다. 오히려 대부분 그 수단에 오염되어 본뜻이 왜곡되어버린다. 그래서 불교에서는 선문답이란 대화로써 듣는 자가 스스로 알아차리기를 기다린다. 그것이 때 묻지 않은 전달이 되기 때문이다. '산은 산이요, 물은 물이다'란 법어는 그 뜻을 풀어 설명하더라도 이해하지 못하는 사람들이 많다. 그 뜻을 알아차린 사람에게는 세상을 보는 눈이 달라진다.

살다 보면 생활 속의 은유도 무척 많다. 말과 글이 정확하게 의사 전달을 할 수도 없고, 할 수 있어도 인간관계에서 함부로 표현할 수 없는 경우도 허다하다. '사랑한다'는 말 한마디 건네기 위해서 며칠, 몇 달, 몇 년을, 아니 평생을 마음속에 묻어 놓고 사는 사람들이 숱하게 많다. 그런 틈새를 읽고 메울 수 있어야 한다.

실로 인간의 깊은 뜻은 수월하게 떠오르지 않는다. 잠재의식 그 깊은 곳에 꼭 원하고 절실하게 느끼고 목 놓아 절규하고 싶은 소리 없는 아우성이 있을 수 있다.

붓다의 가르침에 '깨어 있음'과 '알아차림'이 있다. 일상 중에 항상 깨어 있어야 한다고 수행자들에게 가르친다. 아마도 그것은 세상에 숨어 있는 하나하나의 은유들을 찾아내어 그 존재의 의미를 알아차리라는 것이 아닌가 한다. 세상 만물의 알아차림은 우주의 섭리를 알게 되는 것이고 그것은 깨달음으로 가는 길이기 때문이다.

L형은 깨어 있었고 '꽃이 피움'의 뜻을 알아차렸다. 그는 세상의 숨은 뜻을 알아챘다. 비가 오는 것을 보면서 꽃이 피는 것을 알아채고 별을 헤아리면서 삶의 희로애락을 깨닫는다. 이 세상에는 숱한 진리가 형상 뒤에 숨어 있다. 그것은 있되 눈에 나타나지 않고 침묵하되 속삭이고 있다. 그것은 말과 글이 아닌 이심전심으로 전달된다.

오늘도 안국동 로터리 '꽃이 피움' 커피숍 앞으로 숱한 행인이 지나가겠지만, '꽃이 피움'의 비의를 읽고 속으로 '유레카!'를 외칠 사람이 몇이나 될까.

부처님 오신 날

부처님 오신 날 '룸비니'에서 법요식 참석하고 관수행까지 마치고 나올 때, 골목길 담장 아래 어느 보살님의 보시인지 팝콘이 소복이 쌓여 있다.

팝콘의 냄새에 다가가는 새끼 길 고양이.

행여 어미 잃은 새끼일까 조바심이 앞서는데,

나의 접근이 그의 행동을 방해할까 조바심이 앞서는데,

다행히도 그는 도망가지 않고… 팝콘에 입을 대고 있었다.

나를 보는 고양이와 눈이 마주쳤다.

내 눈에 비친 고양이와 고양이 눈에 비친 나는 어떤 모습이었을까.

고양이나 나나 같은 중생인데 고양이 눈에 비친 내 모습은 알지 못하고 내 눈의 고양이만 측은했던 것이 아니었을까.

Blue와 空

.

현대 미술사에는 등장하는 기인들이 많습니다. 그들의 기인적 행위는 일반인들이 이해하기에는 간극이 너무 큽니다. 그러나 그들의 예술품과 예술품에 담긴 의미는 수년 후, 수십 년 후, 혹은 수백 년 후 이해되고 감동시키고 사랑을 받습니다. 고흐는 19세기 화가인데 지금은 21세기이고, 생전에 그림 몇 장 못 팔고 극빈에 시달렸지만 오늘날 그의 작품 전시관에는 관람객들이 끊이지 않고 지금의 유작의 가치는 우리 돈 1조 원을 넘어선다고 합니다.

이브 클랭은 기인 중 한 사람입니다. 1928년에 프랑스에서 양친이 모두 화가인 집안에서 태어났습니다. 미술 공부는 하지 않았습니다. 19세 때 친구와 해변에 누워 하늘을 보고 한 귀퉁이에 사인을 하고 하늘을 자기 작품이라 했습니다. 20대 때에 일본으로 건너가 유도를 배우고 선불교에 심취하였는데 유도 4단의 자격증을 갖고 낙법을 하다가 空을 체득하였다 합니다.

그는 귀국하여 늦깎이로 그림을 그리기 시작하였는데 ultra marine(군청색)을 자기식으로 개발하여 IKB(International Klain Blue)란 색상명으로 특허를 받았습니다. 그는 그 색으로 모노크롬(단색화)에 집중하여 200점에 달하는 회화 작품을 남깁니다. 클랭은 그 색을 자기만의 색이라고 고집하였지요. 그것도 본인의 어릴 적 하늘을 훔치던 솜씨이고 욕망이었습니다.

그는 직접 작곡한 교향곡을 연주하고 나신의 모델을 등장시켜 온몸에 IKB의 페인트를 칠한 채 캔버스 위에 뒹굴게 해 작품을 만들기도 했고, 전시회 화랑의 내부를 온통 하얗게 칠한 다음 하얀색의 캐비넷 하나만 두고 텅 비워 놓은 것으로 空이란 표제의 작품을 내놓기도 했습니다.

ultra marine이란 이름은 그 색의 원료인 청금석이 유럽에서는 구할 수 없고 인도양, 카스피해, 흑해의 건너편에서 생산되어 긴 항해를 필요로 했기 때문에 생긴 이름입니다. 색상이 해변가의 물색이 아닌 저 먼 바다, 시퍼런 바다색이라 이 또한 이름에 비견比肩되었습니다.

그 색의 정조情調가 묘합니다. 보고 있노라면 빠져들어갈 것 같은 환상, 유혹, 신비의 흡인력을 갖고 있습니다.

클랭이 체득했다는 空도 아득히 먼 수평선 그 너머의 색, 초월의 색, ultra marine에서 찾으려 한 것이 아닐까요? 그것에 특허를 낸 것은 어릴 때 하늘을 사유화하듯 空을 독점하려 한 것은 아닐까요?

눈치채신 분도 계시겠지만 사실 이 글의 핵심은 클랭의 기이한 행적이나 색깔의 분류만에 있지 않습니다. 그것은 표면이고 이면으로 통하는 작은 문이 있습니다. 그 속에는 또 다른 내러티브가 있습니다. 그것은 초월성에 대한 얘기입니다.

나에게는 숨겨 놓은 정부情婦 같은 색깔이 있었습니다. 나는 그것을 하늘에서 찾았습니다. 미세먼지 없는 옛날의 가을 하늘, 너른 하늘 중에 해와 대척되는 산등성이 위에 자리한 푸름靑에 나의 시선이 꽂혔습니다. 그것은 하늘의 평균색(sky blue)보다 더 푸른, 지구상의 푸름 중에 가장 푸른 푸름(cobalt blue; ultra sky)이었습니다. 나는 그 색을 'crystal blue'라 이름 짓고 순결과 영원과 이상을 표상했습니다. crystal blue! 그 투명한 블루가 너무 좋았습니다. 그 blue는 물질성을 넘어 있었습니다. 보이지만 만질 수 없는, 없는가 해서 보면 그대로 있는, 있으면서 없고 이면서 아닌 空이었습니다. 전체 하늘의 색이 농축되어 모이는 곳, 그 산등성이 위의 하늘색은 sky blue를 넘어서는 ultra sky였습니다. 470 nm의 파장을 가진 원색 blue였습니다. 수정보다 더 맑은 푸름은 이상도, 순결도, 사랑도 함축하는 속세를 벗어난 세상이었습니다.

　클랭이 사랑한 ultra marine은 '바다를 초월한 색'이란 의미입니다. 그것은 클랭이 空에서 찾아 헤매던 색을 말합니다. 그 군청색에서 저 푸른 바다의 끝, 아무도 손 닿지 않은 곳에 있을 것 같은 이상의 세상, 불교에서 말하는 속제俗諦를 떠난 진제眞諦의 세상을 말합니다. 예수님이 말씀하신 하늘나라일 수도 있겠지요.

　ultra marine을 해원海源의 색이라면 crystal blue(ultra sky)는 천원天源의 색이었습니다. 그곳은 눈으로 보이나 손으로 닿지 않았습니다. 모든 색이 무화無化되듯, 있으며 없는 곳이었습니다. 空이었습니다. ultra sky는 heaven이었고, 어린 왕자가 별이 되어 돌아간 곳이었습니다.

클랭의 IBK를 읽는 순간, 또한 'ultra sky'란 단어를 처음 대하는 순간, 나는 어떤 동질감, 합일감에서 찌릿한 전류가 온몸을 관통함을 느꼈습니다.

색깔을 통해서 절대성을 향하는 마음. 여기서 구할 수 없는 것을 구할 곳을 찾은 기쁨.

바다를 바라보고 초월을 바라는 마음과 하늘을 바라보고 영원을 바라는 마음은 같은 것이었습니다. 그래서 클랭의 글을 읽다가 나 혼자 비실비실 웃었지요. 그런 내 모습을 아내가 보았다면 실성이라도 했나 싶어 근심거리가 생기지나 않나 싶네요.

파리의 죽음에 대한 관조

보은 가는 길

식당에 들러 올갱이 국밥을 시켰다

반이나 먹었을까

숟가락에 떠올라온 파리의 사체

국물에 젖어 늘어진 까만 파리의 사체를 들여다본다

왜 죽었을까

그 많은 물 다 싫다 하고 끓는 물에 몸을 던졌을까

파리의 삶도 인생만큼 괴로운가

어느새 나는 파리가 되고

투신한 파리는 국밥이 되고

나는 국밥을 먹는다

나는 다시 파리가 되고

파리는 국밥이 되고

국밥은 내가 된다

그릇이 비워졌다

내가 국밥인가

국밥이 나인가

내가 파리인가

이발소에서 잘린 머리카락은 나인가 아닌가. 깎인 손톱은, 흘린 땀은, 눈물은, 배설물은, 수술실에서 잘려나간 장기의 일부는 나인가? 먹은 밥은, 커피는, 들숨은 나인가? 그러는 중에 키도 재고, 체중도 재며 나의 경계를 확인한다. 그 경계는 경계가 아니다.

영화를 볼 때 관객들은 몰입되면 감정이입이 되고 스크린 속에 빠져든다. 유체이탈幽體移脫이다. 배우도 마찬가지다. 연기에 몰입하다 보면 극 중의 인물로 이입되어 연기가 끝난 후 한참 만에 본래의 자신으로 돌아온다고 한다.

영화뿐만 아니다. 독서를 할 경우라든지 명상에 깊이 빠질 경우 삼매경에 들어간다. 주체와 대상과의 경계는 무너진다.

건축 양식에서의 회랑은 공간을 분할하여 안-팎 혹은 가시-불가시 可視-不可視라는 모순된 두 세계를 공존시킨다. 열주列柱는 끊임없이 내부와 외부를 구분하고 연계하면서 미지의 공간을 연출한다. 그것은 죽음이기도 하고 부활이기도 하며 두 세계의 화해이기도 하고 평화로운 공존이기도 하다. 그 중심에 회랑이 존재하며 열주는 경계를 통로로 만드는 삼투막이 된다.

이렇게 세상은 경계를 허물어 일체가 될 수도 있고 경계를 세워 환원될 수도 있다. 한쪽에서는 벽을 세우고 한쪽에서는 벽을 허문다.

나의 벽을 허물면 나는 파리도 되고 국밥도 된다. 내가 파리가 될 수 있으면 너도 되고 온 세상도 된다.

어느 비 오는 날의 산책

늦장마도 아니면서 여름을 식히는 비가 자주 온다. 보슬비 속을 우산을 들고 산책길에 나섰다. 빗속의 산책도 할 만하다. 우산을 드는 성가심은 있지만, 차분한 분위기, 빗물로 씻기우는 먼지와 빗소리에 묻혀버린 소음으로 마음도 깨끗해지기 때문이다.

내 감수성의 첫 손님은 고양이 소리였다. 한적한 길을 걷고 있는데 가는귀먹어도 크게 들리는 고양이의 싸우는 소리였다. 나는 지나치다 고개를 돌리고 현장을 찾았다. 창고로 사용하는 듯한 허름한 집채에 박스로 짐들이 쌓여 있고 쌓인 짐 위에서 검은 고양이가 한쪽을 바라보며 계속 소리를 내고 있었는데 자세히 보니까 맞은편에 누런 고양이 한 마리가 엎드려 같이 으르렁거리고 있었다. 그 소리는 다름 아닌 어릴 때 어른들께 들었던 발정기 고양이의 세레나데였음을 알아차렸다. 관찰자의 자세로 다음 동작을 확인하기 위해 10분은 족히 보고 있었으나 엄포 놓는 소리만 계속될 뿐 변화가 없었다. 내가 엿보는 것이 그들의 사랑을 훼방하는 것 같아 발걸음을 옮겼다.

두 번째 장면은 큰길가 인도 위에서였다. 가까이에 버스 정류장이 있어서 빗속에 사람들이 드문드문 있었다. 그때 내 눈에 들어온 것은 벽에 기댄 자전거와 한 청년의 모습이었는데, 그 청년의 움직임이 뭔가 부자연스러웠고 자세히 보니까 사지가 불편한 장애인이었다! 그리고 그 장애인은 무겁게 보이던 자전거를 끌고 타려고 하다가 넘어지는 상황이었다. 그러다가 사람도 자전거도 같이 넘어졌는데 일어서려는 게 힘들게 보여 다가가서 일으켜 주었다. 다시 자전거를 세우려고 하는데 불안해서 내가 자전거를 세워 잡아 주었다. 그는 다시 자전거를 잡고 가려다 비에 젖어 미끄러운 블록 위에서 다시 넘어졌다. 자전거는 가로수에 걸쳐졌고 그는 길바닥에서 일어나 쪼그리고 앉았다.

"안 되겠는데요."

"네."

그의 잘생긴 얼굴은 상처투성이였고 마주친 그의 눈빛에는 난감함, 부끄러움, 고마움 같은 것이 언뜻 비쳤으나 세상에 대한 원망 같은 것은 보이지 않았다. 그를 그 자리에 두고 돌아서는 발걸음이 무거웠다. 다하지 못한 책임이 나를 눌렀고 그의 다음 동작이 안쓰러워 두세 번 뒤돌아보았는데 그 청년은 보슬비를 맞으며 앉은 자세 그대로 나를 쳐다보고 있었다.

싯다르타가 세상 구경하다가 본 모습이 저런 것이었을까? 생로병사의 괴로움을 저런 모습으로 본 것이었을까?

문득 사바나의 상처 입은 동물이 생각났다. 자연의 법칙은 거칠고 차갑다. 병든 것, 어린 것, 늙은 것에 순서를 두고 육식동물의 먹잇감이 정해지고 매일 매시간 먹잇감으로 사라져 간다. 그 청년은 살아갈까? 아직도 내 손에 남아 있는 그의 따뜻한 체온, 부드러운 맨

살 감축, 그는 살아 있었고 살기 위해 자전거를 가지고 버둥거리고
있었다.

한 시간이 지나가는 산책 중에서 삶의 두 모습을 보았다.
하나는 사랑이었고 다른 하나는 고통이었다. 어쩌면 삶이란 이 두
개의 고락이 직조의 씨실과 날실처럼 엮여 있는지도 모른다. 사랑의
결과로 새끼들을 낳아 키우면서 예기치 못한 고난에 부딪히고, 제대
로 걷기 힘든 청년이, 자전거를 안고 뒹굴던 그 불쌍한 청년이 어느
날 찾아온 행운에 미소 지을지도 모른다.
세상의 모든 생명들에게 자비를 베푸소서.

깜상은 어디로 갔을까?

젊은 무렵 공장을 다닐 때였다. 그때만 하여도 그 공장 주위에는 다른 공장이 없었고 도시에서 좀 떨어진 전형적인 농촌 지역이었다.

아직 승진도 하지 않고 과장직을 할 때였다. 생산2과를 맡았는데 그 과의 업무 조직에는 타일 성형품을 담은 내화갑을 대차에 쌓아 올리는 적재반이 있었다. 단순 노무였는데 무거운 내화갑을 어깨 위로 들어 올려 쌓는 작업이라 힘이 많이 드는 공정이었다. 작업자는 20명 정도가 반으로 나뉘어 주야 교대 근무를 했다.

어느 날 사무실에 있는데 현장에서 싸움이 일어났다고 연락이 와서 뛰쳐나갔다. 현장에 가보니 주위 작업은 중단되고 쌓아 둔 적재 봉이 무너지고 컨베이어는 정지돼 있었는데 그 위로 깨어진 성형품과 내화갑이 흩어져 있었다. 이미 싸움은 끝나고 한쪽에서는 정리 작업을 하고 있었고, 다행히 다친 사람은 없었다.

"어찌 된 겁니까?"

"쟤들 둘이서 싸웠습니다."

반장이 대답했다.

"너희들이냐, 두 사람은 나 따라와."

사무실에서 경위서를 쓰게 하고 내용을 파악한 후 비어 있던 공실로 데리고 갔다. 고개를 푹 숙이고 손을 모아 쥔 사고자들에게 말했다.

"잘못한 거 인정해?"

"네."

"네."

한구석에 쌓여 있던, 목공반에서 만들어 놓은 해머 자루 더미에서 하나를 집어 들었다. 물푸레나무로 다듬어 묵직한 게 군대 시절 '빳다'로 쓰이던 침대 '마후라(야전침대용 나무각목)'만 했다.

"엎드려."

한 명씩 시멘트 바닥에 엎드렸다.

"큰 소리로 열까지 센다."

"빡."

"하나."

"빡."

"둘."

"빡."

"으윽."

한 친구는 세 대 맞고 몸을 비틀고, 한 친구는 다섯 대 맞고 복부와 허벅지가 공실 바닥에 붙어 버렸다. 좀 쉬었다 다시 때렸다. 때리고 뻗고 때리고 뻗고 하며 둘 다 열 대씩을 채웠다. 겨우 일어서는 두 녀석에게 다짐을 받았다.

"앞으로 또 사고 칠 거야?"

"안 칩니다!"

합창을 했다.

"징계는 맞은 걸로 대신한다."

절뚝거리는 녀석들을 보내고 반장을 불러 조퇴시켰다.

둘은 스무 살 전후의 동네 건달들이었다. 그중 한 친구가 깜상이었다. 외형적으로 보면 꼭 혼혈아인 것 같았는데 아니라고 했다. 얼굴도 까맣고 머리카락은 파마한 듯한 라면 머리였다. 이름 대신에 별명이 더 잘 쓰였다.

그 일이 있고 나서 달포나 지났을 무렵 동네에 강간 사건 소문이 돌았다. 마을 네거리에서 K읍 쪽으로 완만한 고갯길이 있는데 거기서 밤중에 강간 사건이 났다는 것이다.

며칠 뒤 깜상이 조퇴하겠다고 왔다. 그다음 날 깜상이 와서 또 조퇴하겠다고 하였다. 왜 그러냐고 물었더니 경찰서에서 고갯마루 강간 사건의 혐의자로 자기에게 출두 명령이 왔다고 했다. 왜 너를 부르냐고 물었더니 자기가 폭행 전과자인데 관내에서 사건만 생기면 경찰서에서 부른다고 했다. 부르기만 하는 것이 아니라 육체적, 심적 고통을 받는다고 했다.

다음 날 그가 결근했다. 그다음 날도 결근했다. 싸웠던 친구에게 물었더니 가출했다고 했다.

한 달이나 지났을까, 나에게 편지가 왔다. 수신자로 내 이름은 있는데 발신자는 없었다. 편지를 뜯었다. 깜상의 편지였다. 싸구려 편지지에 서툰 글씨로 쓰인 한 장짜리 편지였다. 내용은 자신은 제주

도에 피신해 있고 거기서 농사일을 도우면서 살고 있으며 살고 있는 곳을 알려드리지 못해서 미안하다고 하면서 안부를 묻고 있었다. 나는 발신자 없는 편지에 답장도 못하고 있었는데 그 뒤로 편지가 2번 더 왔다. 역시 발신자는 없었다. 그리고 편지는 끊어지고 깜상에 대한 동네 소식도 사라졌다.

나는 그가 사라지고 평온을 찾은 작업장을 지켜보며 그를 다시 생각해 보았다. 그는 왜 나에게 비밀스럽게 편지를 보냈을까? 회사를 떠나면 아무 관계도 아닌데. 더구나 나와의 사이에는 체벌이란 상처밖에 없는데. 주인 잃은 개가 눈치를 보며 슬금슬금 따라오듯이 나에게 접근해올까?

어느 철학자가 현대인에게 가장 큰 고통은 소외감이라고 한 말이 기억났다. 깜상도 그 소외감으로 온몸을 떨지 않았을까? 모르긴 하지만 불우한 가정 사정, 마음 놓고 얘기할 상대도 없는, 깜상이라 놀림 받는 왕따 신세, 잊을 만하면 날아오는 출두 명령. 그는 마음 둘 곳 없는 소외자이자, 마음 편한 날 없는 도망자였다. 그러다가 직장 상사의 예상외의 엄한 체벌에서 고통과 함께 냉소 아닌 인간적 교감을 느끼지 않았을까. 초등학교 때 어느 남자애의 짓궂은 장난에 여자애가 눈을 흘기기도 하고 눈물도 흘리지만 장난이 자신에 대한 관심의 표현임을 알고 있듯이, 저 사람하고는 말할 수 있겠다, 내 마음을 열어 보일 수 있겠다, 외로움을 떨치고 기댈 수 있겠다라는 생각이 들었을지도 모른다. 모두가 돌아서 있는 세상에서 혹한에 떨다가 뜻밖의 체벌이 한 줄기 볕뉘로 체감되지 않았을까.

깜상은 어디로 갔을까? 그 뒤로 편지도 끊어지고 그의 뒷소식도 없었다. 그는 세 번째 편지를 쓰고 나를 관계하기에는 거리가 먼 사람이라고 포기했을 수도 있고 그곳에서 외로움을 나눌 새로운 사람을 만났을지도 모른다.

세상에는 많은 깜상들이 외로워하고 있다. 우리 주위에는 오늘도 많은 외로움의 동사체가 흘러 다닌다.

·홍은동 버스의 기억

군 제대를 하고 복학하면서 1년 가까이 이모 집에서 입주해 있었다. 명목은 사촌 동생들을 가르치는 것이었는데 그렇게 직업의식을 갖고 한 것은 아니었다.

그 지역은 양쪽 산 사이의 골짜기였기 때문에 주거지 역할 외에는 별로 다른 용도가 없었고 그나마 평지 쪽은 반듯한 단독주택이 모여 있었으나 산기슭 쪽으로 갈수록 집은 작아지고 인구밀도는 늘어나는 형태였다. 그래서 서울 중에서는 사람 사는 맛이 남아 있던 동네였다. 골목마다 부딪히는 사람이 있었다.

그곳의 대중교통은 버스였다. 홍은 사거리에서 상명여대까지는 여러 노선 버스들이 공용으로 쓰는 외길이었다. 나는 통학하려면 거기서 북악 터널을 지나 청량리까지 버스를 타야 했다.

그날도 버스를 탔는데 사람들이 많았다. 내가 타고난 다음 정류장에서 일은 벌어졌다.

올라오는 승객 중에 초등학교 2,3학년쯤 되는 여자아이가 차 문 계단을 밟고 오르며 잠시 주춤거리다가 차장에게 작은 손을 내밀었다.

"차장 언니, 엄마가 이 돈으로 차비를 내도 된다고 했어요."

라고 기어드는 목소리로 말했다. 그러자 차장이 받아 들더니,

"이게 뭐야, 이걸 돈이라고 주는 거야? 안 돼!"

하면서 차 바닥과 입구 계단에 내팽개쳤다. 흰색으로, 구릿빛으로 반짝이는 대한민국 중앙은행에서 발행한 1원짜리 동전은 힘차게 뿌려져 부딪혀 튀기도 하였다. 그 아이는 입구 계단에 걸쳤던 한 발을 내려놓았다. 차장은 버스 문을 쾅 닫고 "발차" 하며 버스를 출발시켰다. 아무 일 없었던 듯이 버스는 달리고 승객들은 무표정하게 흔들리면서 목적지로 옮겨지고 있었다.

나는 그 순간을 평생 잊지 못했다. 간혹 또렷하게 그 장면이 재현됐다. 그 당시 나는 2,3미터 지근에서 그 장면을 목격했는데 짧은 순간이었지만, 많은 갈등을 하고 있었다. 내 지갑 속에는 저 아이의 차비를 낼 수 있는 돈이 있었다. 저 아이가 내리기 전까지 내가,

"차장 아가씨, 여기 저 아이의 차비 받아요."

하면서 태울 수도 있었는데. 그리고서 그 차장에게,

"어린아이에게 무슨 짓이오. 1원짜리는 돈 아니오?"

하며 한바탕 싸울 수도 있었는데. 머뭇거리다가 놓쳐버린 실기를 지금껏 내 인생 중 가장 비겁한 행위로 후회하고 있다.

차장의 마음은 어땠을까? 아마 아무렇지도 않겠지. '1원짜리는 간수하기도 입금시키기도 귀찮은데, 에이 재수 없어' 하면서 금방 잊어버리겠지.

그 불쌍한 아이는 어떻게 되었을까? 버스에서 1원짜리 동전과 함께 내팽개쳐진 후 다시 집으로 갔을까, 학교까지 여린 다리로 무거

운 가방을 멘 채 걸어갔을까? 지각을 하여 선생님께 꾸중을 들으면서도 1원짜리 승차거부의 변명은 못 하였을 것 같다. 얼마나 가난한 집 아이였을까? 아니다, 아주 절약하는 집일지도 모른다. 아니다, 2,3학년 정도면 엄마가 바쁘지 않으면 학교까지 데려다주어야 할 텐데 버스를 혼자 태우고 보내는 걸 보면 여유가 없는 집이었을 것이다. 그 뒤 그 아이는 어떻게 자랐을까? 비행소녀가 됐을까, 수녀가 됐을까? 아니면 차장이 됐을까? 차장이 되었다면 같은 경우 어떻게 했을까? 지금은 회갑께나 되었겠다. 인생을 돌아볼 나이지. 홍은동 버스 정류장 사건은 잊혀지지 않겠지. 그 차장 언니의 무서운 얼굴은 그 뒤 꿈에도 여러 번 나타났겠지. 내뿌려져 반짝이던 동전들은 파편이 된 마음 조각처럼 느껴졌겠지. 차 문을 쾅 닫고 떠나버린 버스의 뒷모습을 두 눈에 눈물을 흥건히 담고 쳐다보았을 것이다. 그 아이의 눈에 세상은 어떤 모습으로 비쳤을까? 세상 사람들이 어떻게 보였을까?

차장의 냉혈적이고 포악한 표정과 그 아이의 겁에 질리고 절망하고 무안해하는 표정이 나의 기억에 남아있지 않다는 게 그나마 다행인지 모르겠다.

물의 접면

백사실 계곡에 얼음이 얼었다.
얼음 아래로는 물이 힘차게 흐른다.
얼음과 물의 접면에는 0℃의 물과 0℃의 얼음이
공존한다.
물의 자성自性이 얼음을 포섭한다.
사사무애事事無碍의 현행이다.

봄seeing

"스님, 스님은 돼지 같습니다."

"제 눈에 대왕은 부처 같아 보입니다."

"에이! 거짓말 마세요."

"돼지 눈에는 돼지가, 부처 눈에는 부처가 보이지요. 껄껄…"

이성계는 욕망만 보고 싶었을 것이고, 무학대사는 부처만 보고 싶었을 것이다.

우리는 태생적으로 보고 싶은 것만 본다. 안타깝게도 카메라처럼 기계적으로 세상을 볼 수 없다. 오로지 마음이라는 창을 통해서 볼수 있는데, 문제는 이 창이 근원적으로 왜곡되어 있는 것이다.

무지개의 색깔은 모두 몇 개일까?

유치원에서 많은 아이들 속에서 망원렌즈로 당겨 보듯 왜 내 아이만 보일까?

가슴속 깊이 사랑하고 존경하는 사람에게 후광이 비치는 건 왜일까?

하나의 사과를 놓고 그린 그림들이 왜 사람마다 제각각일까?

왜곡되어 있는 마음으로 보기 때문이다.

불교에서는 수행을 통하여 마음을 쉬게 한다. 영원히 쉬게 될 때 열반이라 한다. 그 눈으로는 세상을 보면 모든 게 투명하다. 그래서 마음의 때를 벗으라고 한다. 그 때란 것이 편견이요, 선입견이요, 자아의식이다. 그 때를 벗으면 세상은 맑은 물같이 보인다.

예술가의 눈은 다르다. 무척 오염되어 있다.

피카소는 큐비즘으로, 카뮈는 실존주의로, 톨스토이는 휴머니즘으로 오염되어 있다. 세상 사람들이 오염을 벗으면 이 세상의 인위적 아름다움이란 있을 수 없다. 다 빈치의 〈모나리자〉도, 베토벤의 〈운명〉도, 미당의 〈국화 옆에서〉도 자취를 감춘다.

부처님의 눈으로는 꽃이든 여자이든 아름다울 수가 없다. 그냥 여여如如할 뿐이다.

그렇지만 예술을 보는 사람들의 눈은 오염된 상태로 보아야 한다. 마음에 있는 미에 대한 탐욕으로 보아야 한다. 경우에 따라 에로티시즘에, 또는 악마주의로, 또는 분변학으로 볼 수도 있다. 감동으로 흔들리는 마음에 깊이 빠져야 하고, 돈만 있으면 소유하여 내 거실에 두고 보고 싶은 욕심도 작용해야 한다.

부처님으로 살려면 이 세상의 향기와 양념을 거두고 보아야 하고, 예술을 이해하려면 이 세상의 향기와 양념에 흠뻑 젖어 보아야 한다.

보다, 알다, 깨닫다

참되게 본다는 것은 보지 않는 바가 없고 또는 보는 바가
없어서, 보는 것이 시방에 가득하지만 일찍이 보는 것이
있지 않다.
왜냐하면, 보아도 보는 바가 없기 때문이며, 보아도 보는
것이 아니기 때문이며, 보아도 보는 것이 아니기 때문에
범부가 보는 바는 바로 망심이라 한다.

〈오성론〉

'보다'를 한자로 풀이하면 볼 視, 볼 見, 볼 觀이다. 視는 감각기관
의 인식작용을 일러 말한다. 視力, 視野, 遠視같이 눈으로 직접 보는
것이다. 영어로는 see, look at, 등이라 할 수 있다.
  見은 마음으로 보는 것, 아는 것, 마음 작용 등으로 쓰인다. 意見,
見學, 見解 등으로, 영어로 understand, recognize, know 등의 뜻
이라 볼 수 있다.
  觀은 눈과 마음으로 자세하게, 깊숙이, 대상의 본질을 들여다보는
것이다. 觀照, 觀相, 直觀, 達觀 등에 쓰인다. 영어로는 observe,
find, be aware 등이라 할 수 있다.
  다 같이 '보다'는 글이지만 視는 보는 것, 見은 아는 것, 觀은 깨닫
는 것의 의미에 가까이 있다.

'보다'란 동작을 들여다보자. 메커니즘을 보면 대상물질의 상像이 눈동자로 들어와 망막에 비친 것을 시신경이 뇌에 전달하여 인식하게 되는 것이다. 그런데 본다는 것은 우리들의 선입견에 의하여 경험으로 저장돼 있는 이미지와 결합하여 생각하게 된다. 그래서 대상을 있는 그대로 보는 것이 아니다. 경험과 감정으로 오염된 실체를 보는 것이다. 또 앞면만 보고, 뒷면, 옆면, 윗면, 아랫면은 보지 못한다. 속은 더구나 보지 못하면서. 낮과 밤, 어제와 내일의 모습도 보지 않은 채 우리는 보았다 한다. 여러 사람들에게 어떤 물건을 보여주고 본 것을 설명하거나 그림을 그려보라 하면 제각각 다르다. 우리가 무엇을 본다는 것은 제대로 보지 못하는 것이다. 실체와는 동떨어져 있다.

듣고, 냄새 맡고, 맛보고, 접촉으로 느낌도 마찬가지다. 우리는 오감으로 세상과 마주하면서 세상을 받아들이고 인식하는 데 벽이 있음을 알 수 있다. 우리 앞에 세상이 있어도, 보지 못하고, 듣지 못하고, 냄새 맡지 못하고, 접촉하여 느끼지 못한다. 우리 앞에 세상이 있어도 우리는 알지 못한다. 우리는 맹인이고, 귀머거리고, 감각 장애자다. 세상은 극히 제한된 모습만 보여준다.

우리는 대상의 실체를 보기 위해 눈을 감는다. 감각적이고 즉물적인 기능-肉眼-을 떠나 심층적이고 본질적인 기능-心眼-으로 대상을 대하게 된다. '봄(인식)'은 '앎(관념)'으로 발전한다. 대상이 눈앞에서 마음속으로 이동한다. 견해가 생긴다. 거기에는 시각작용이 실체를 이해하는 데 도움이 아니라 장애가 됨을 안다. 겉과 속이 구분되고, 착각의 움직임이 보이고, 실체가 나타난다. 이것과 저것이 두루 연결돼 있음을 안다. 세상 만물이 한 줄로 관통돼 있음을 안다. 그 앎의 끝에서 통찰력을 만난다.

신약성서 외경의 하나인 도마복음서는 1600년의 잠을 깨고 1945년 나그함마디에서 햇빛을 보게 된다. 도마복음서에는 내 속에 빛으로 계시는 하느님을 아는 것, 이것을 깨닫는 깨달음을 얻을 때 내가 새사람이 되고 죽음을 극복할 수 있다는 것을 강조하고 있다. 현대 기독교에서도 영성의 은총에 교리의 깨달음을 통해 접근하고 있다.

이와 같이 깨달음은 불교의 전유물이 아니다. 오히려 원조는 힌두교에 있으며 다른 종교에서도 깨달음을 신앙의 주요 과정으로 인정하고 있다.

보다, 알다, 깨닫다는 같은 본질의 다른 모습이다. 물이 고체, 액체, 기체로 변하듯이 우리의 인지 기능의 한 과정이다. 대부분의 사람들은 깨닫지 못하고 살고 있으며, 또 어떤 사람들은 겉모습만 보고 내면을 알지 못하고 살고 있다. 옷, 화장, 명품 가방, 고급 자동차, luxury golf tour에 빠져 인격, 지성, 진리, 사랑, 평화, 공존의 내면을 잊고 있다. 어떻게 살아야 하는가? 내 자식이, 내 가족이 겉모습에 빠져 사는 게 좋은가, 인성이 갖추어져 있고 사랑을 베풀 줄 아는 것이 좋은가?

앎은 봄의 성숙한 모습이다.

여기서 다시 첫 연의 글을 읽어주기 바란다.

봄이 앎으로 뚜렷이 들어오지 않는가?

그리고 파랑새가 되어 깨달음으로 날아가는 것이 보이지 않는가?

바라캇의 '찰나와 영원展'을 보고

선배의 바람에 따라 삼청 파출소 옆 바라캇 미술관을 찾았다. 날씨 탓인지 유일한 관람자가 된 내가 생뚱스럽기도 하고 면구스럽기도 하다. 두 손을 앞에 모으고 분위기가 가라앉기를 바라며 전시품에 초점을 맞추려는 순간 내게 다가온 도슨트의 눈길이 따뜻하다. 고미술품에 대한 설명이 맹안을 뜨게 한다. 내 입에서 경솔하게 나오는 현학의 교만을 어떻게 받아들였을까. 분리돼 있는 다음 전시관으로 안내한다.

다국적, 다세대의 낯선 불상들을 경건한 마음으로 두루 살펴보다 전시관 정면에 놓여있는 15세기 중국의 목조 나한상 앞에 이르렀다. 선배가 관세음보살반가사유상 앞에서 온몸에 전율하듯이 나는 이 나한상 앞에서 숨을 멈추었다. 나한의 눈짓과 입가의 미소는 살아 있었다. '찰나와 영원'은 이 나한의 깨달음을 두고 하는 말이구나. 나한의 깨달음의 미소는 600년을 달려왔구나. 시작 앞에 시작이 있고 끝이, 끝이 아님을 알려주는 눈짓이구나. 시간이란 중생이 만들고 뒤집어씌운 얼개임을 깨우쳐 주려는 눈짓이로구나. 지금 여기서도 변함없는 자세와 미소는 그 스님의 영생이 아니었는지. 분방한 자세까지 선불교의 자재自在와 무위無爲를 나타내고 있어 감탄을 더한다. 고요한 평온과 대자유! 숱한 역사의 질곡을 넘어 한 순간 흔들림 없이 지켜온 미소. 거기에 분별이 있으랴, 집착이 있으랴, 갈등이 있으랴, 선악이 있으랴. 관세음보살.

　나의 기도를 깨며 어느새 내 옆에 선 이 방의 도슨트가 설명을 더한다. 돈 한 푼 내지 않고 이렇게 귀빈 대우를 받는 것도 싫지는 않다. 이 미술품의 컬렉터인 바라캇도 아침마다 명상을 한다고 한다. 그 명상 속에서 얻는 에너지(영감)로 본인이 그림을 그린다. 그러므로 그도 화가이고 불도인 것이다.

　공동의 화두이면서 손에서 빠져나가는 모래같이 늘 잡히지 않던 '찰나와 영원'은 두 번째 도슨트가 입을 뗀 '색즉시공色卽是空'임에 틀리지 않은 것 같다.

　미술관을 나오니 눈이 올 듯 반투半透의 햇빛이 차갑다. 내려오는 찬바람이 하늘은 공간 스스로일 뿐 '찰나와 영원'을 물들이지 않음을 알려주는 것 같다.

진화, 유전, 윤회

찰스 다윈은 생물학계에 큰 족적을 남긴 생물학의 지존이다. 그가 남긴 《종의 기원》에 쓰인 진화론은 당시 교권이 하늘 같았던 시절에 혁명적 이론이었고 주변의 영향력도 지대하였다.

그는 "자연은 엄격한 생존투쟁의 장소이고, 이 투쟁 속에서 이겨 나가는 것이 유리한 변이를 가진 개체이다. 많은 변이는 유전적이다. 이렇게 적자가 생존해가는 형태는 선택이 이루어진다. 그것이 자연 도태다."라고 진화론을 설명했다. 또한 다윈은 식물과 동물의 연속성을 서로 관련된 현상을 설명해 보이고, 식물과 동물과 사람의 연속성을 주장하며 진화론의 여러 측면을 정리했다.

리처드 파인만은 미국의 물리학자로 사상 최고의 지능지수를 가진 천재로 잘 알려져 있다. 그의 원자설에 의하면 세상의 만물은 원자로 이루어져 있고 외양은 모두 다르지만 기본 구성물질은 같은 것들로 이루어져 있으며 이런 기본 물질이 끊임없이 교환되고 있다는 것이다.

인체를 들여다보면 우리의 몸도 10의 28승(억의 억의 조) 개에 달하는 원자들의 집합이다. 우리는 살아가면서 호흡, 섭취, 배설 등 신진대사로 외부와 원자 교환을 쉬지 않고 하고 있으며 놀랍게도 우리 몸의 원자 98%가 1년 안에 다른 원자에 의해 교체된다. 원자의 교체 주기는 신체 부위마다 다르고 뇌세포의 일부와 심장 근육 일부, 눈 수정체의 일부분은 태어났을 때의 원자가 유지되지만 타 기관의 원자는 모두 교체된다.

그리하여 35억 년 전의 수소와 산소는 내 몸이 되어 있고 삼엽충이나 공룡의 원자도, 화산재와 바닷물의 원자도 내 몸이 되어 있을 수도 있고 내 주위의 풀, 나무, 강아지, 구름, 자동차와 나는 끊임없이 원자를 교환하고 있다.

현생하는 생물들을 생각하면 인척간에 4촌, 5촌, 6촌… 하며 촌수로 혈연관계를 규정하듯이 생물계도 그럴 수 있을 것이다.

가령 미국인을 나의 1,000촌, 아프리카 흑인을 1,500촌이라 할 수도 있으며 반려견이 10,000촌, 금붕어가 150,000촌도 될 수 있다. 동물뿐만 아니라 진화론이 주장하는 진화나무의 다른 표현이며 과학적 상상이다.

인간의 수정이란 반수체의 정자 핵과 반수체의 난자 핵이 융합하는 것으로 정자와 난자의 세포막이 융합하여 2개의 생식 세포가 하나의 세포가 되는 핵융합을 한다. 반수체의 정자핵에는 세포 속에 남성 염색체 46개의 반인 23개의 염색체와 여성 세포 속의 염색체 수의 반인 23개의 염색체가 합하여 46개의 염색체를 만든다. 이렇게 만들어진 수정세포가 태중에서 체세포 분열을 하면서 인간의 형태로 성장하게 된다. 태아는 부모의 유전자를 받아 부모와 닮게 태어나고 성장한다.

인간 육체의 기능적 구조적 최소 단위가 세포다. 미립자의 세계로 비유하자면 분자쯤 되고 우주로 보면 태양계쯤 될까. 세포 내에는 핵이 있고 핵 속에는 염색체가 있고 그것은 염색사로 되어 있으며 그 염색사가 이중나선 구조의 DNA이다. 부모가 자식에게 특성을 물려주는 것이 유전인데 그 기본 단위가 유전자이다. 이 유전자는 software로 hardware인 DNA에 들어 있다. DNA는 이중나선 형태로 되어 있는데 이 이중나선이 풀린 후 각각의 사슬이 다시 이중나선으로 합성됨으로써 DNA가 복제된다.

유전자가 기능을 발휘하기 위해서는 발현되어야 하는데 발현이란 DNA가 RNA에 복사되는 전사와 RNA가 단백질로 바뀌는 번역과정을 말한다.

이렇게 만들어진 단백질(DNA)이 생체 내에서 온갖 작용을 행하므로써 유전자의 효과가 나타나게 된다.

다만 생물학에서의 이론은 실험적 결과를 토대로 입증되기 때문에 유물론적 시야로 생물을 보고 정신적 현상에 대해서도 물질적 해석을 한다.

유전자도 그런 시각으로 보고 있다. 유전되는 성격, 버릇, 지능, 감성, 의지력 등은 어엿한 정신 분야인데도 DNA의 인산, 디옥시리보스, 4종의 염기의 배열에 따라 결정된다고 결론을 내린다.

신경과학, 뇌과학의 질주는 눈부신 학문적 성과를 낸 바 있지만 생화학적, 생물물리학적 틀에서 벗어나 인간 마음의 존재를 기본으로 하는 인지주의(인지과학)를 지향하고자 하는 반성이 일어나는 것을 잘 알아야 한다. 데카르트적 이분법과 유물론적 시야에서 벗어나 정신과 육체를 함께 포용하고 그 관계를 조화롭게 탐구하는 데서 진정한 진리가 나타날 것이다.

어쨌든 생의 주체는 유전자이다. 내가 내 삶의 주체가 아니고 내 삶의 이전에도 존재했고 내가 죽은 이후에도 존재할 수 있는 내 유전자가 진정한 내 생명의 주인이다. 개체들이 직접 자신들의 복사체를 만드는 것이 아니다. 후손에게 전달되는 실체는 다름 아닌 유전자이기 때문에 적응형질들은 집단을 위해서도 아니고 개체를 위해서도 아니라 유전자를 위해서 만들어지는 것이다.

이에 도킨스는 개체를 '생존기계'라 부르고 끊임없이 복제되어 후세에 전달되는 유전자 즉 DNA를 '불멸의 나선'이라고 일컫는다. 개체의 몸을 이루고 있는 물질은 수명을 다하면 사라지고 말지만 그 개체의 특성에 관한 정보는 영원히 살아남을 수 있다는 뜻이다.

이런 관점에서 보면 적어도 지구라는 행성의 생명의 역사는 유전자의 역사이다. 각각의 생명체의 관점에서 보면 생명은 분명 한계성을 지니지만 35억 년 전에 태어나 아직 죽지 않고 살아있는 DNA의 눈으로 보면 생명은 엄연한 영속성을 띤다.

생명체의 역사를 보면 35억 년 전으로 거슬러 올라간다. 과학자들은 스트로마톨라이트란 암석에서 남조류의 화석을 발견했는데, 그 돌은 35억 년 전 남조류란 원핵생물이 끈끈한 진액으로 모래를 끌

어모아 층을 쌓아 퇴적한 암석이었다. 그러니까 남조류 이전에 흔적 없이 사라져간 원핵생물이 있었을 것으로 과학자들은 주장한다. 생명체의 기원은 최소 35억 년이 되는 셈이다. 지구의 대부분을 지배한 남조류는 광합성을 하면서 자체 생명을 유지하고 그 광합성의 부산물인 산소를 발생하여 유독가스로 덮혀 있던 지구의 대기 환경을 산소 10%의 분포로 개선하므로써 새로운 다세포 생물의 진화에 크게 기여하였다. 그와 동시에 원핵생물은 세포핵을 분명히 가지는 진핵생물로 진화되었다.

태초의 생물체인 원핵생물이 광합성을 시작하고, 남조류에서 이끼, 양치류, 겉씨식물을 거쳐 속씨식물에 이르기까지, 원생동물에서 삼엽충, 암모나이트, 어류, 양서류, 공룡, 젖먹이동물, 인간에 이르기까지 유전자는 이어오고 있다. 그 유전자는 그 생물체가 지금까지 받아온 조상들의 정보에 그 생물체의 삶의 정보를 더해서 후손에게 전달한다. 도태된 종의 정보는 소멸하지만 생존된 종의 정보는 인간에게까지 이어오고 있다.

이것을 윤회라고 볼 수 없는가? 윤회란 바퀴 굴러가듯 도는 것이다. 그 바퀴는 처음에는 작은 씨알이 점점 커진다고 보면 된다. 의식하진 못하지만 우리의 유전자의 정보 속엔 35억 년 전의 원핵생물의 기억부터 광합성을 하던 기억, 원생동물로 물속에서 위족偽足으로 움직이던 기억, 삼엽충으로 바닷속에서 살던 기억, 공룡이 되어 세상을 지배하던 기억, 빙하기를 견디며 목숨을 부지하던 기억, 호모 사피엔스로 숲에서 걸어나오던 기억, 그 모든 것이 유전자에 담겨 있다. 너무나 방대한 양이어서 우리의 두뇌가 처리하지 못할 뿐이다.

힌두교나 불교에서는 윤회를 믿는다. 인간의 삶을 영원한 윤회로 바라본다. 전생과 금생과 내생이 계속된다고 한다. 그러나 전생을 기억하지 못하면 내생에서도 마찬가지로 내생만이 있을 것이다. 그러면 연속성이 있는 것인가?

불교에서도 개체가 오온五蘊이며 오온은 분산되었다가 집결하는 실체가 없는 것으로 보기 때문에 윤회란 반복되고 영속되지만 단지 그 흐름만 인정할 뿐이다. 그렇지만 제8식識인 아뢰야식만은 종자를 유지하고 현행했다가 다시 종자로 돌아오며 생은 유지된다. 종자는 현행을 받아들이며 변화한다.

아뢰야식이 유전자를 닮았다.

생명체의 흐름도 마찬가지다. 부모의 유전자가 자식에게 넘겨지면서 육체뿐만 아니라 정신적 인자도 유전으로 넘겨진다. 성격이나 버릇, 지능, 감성 등이 부모를 닮는다. 이러한 생명체의 흐름은 영속성을 지니고 있으며 유전자의 입장에서도 영생을 지속하며 개체의 생명은 윤회로써 연결되고 있다.